flitterwochen allein

CHRIS KENISTON

Indie House Publishing

KAPITEL 1

Irgendetwas stimmte nicht. Michelle Bradford starrte ihr Handy an. Für eine Fremde hätte ihre Freundin aus Kindertagen vollkommen normal geklungen, aber Michelle konnte die leichte Anspannung in Beths Stimme hören, ebenso wie ihre abgehackte Atmung.

Ein Knoten bildete sich in Michelles Magen. Beth hatte sich in den letzten Wochen ein wenig ... merkwürdig benommen. Gestern während der letzten Anprobe der Brautjungfernkleider war sie in Tränen ausgebrochen und aus dem Raum gestürmt. Danach hatte sie eine Entschuldigung gemurmelt, dass sie hormonell bedingt jeden Monat ein paar emotionale Tage habe und sie immer nur Brautjungfer – oder in diesem Fall Trauzeugin – sei und niemals die Braut.

Michelle hätte wissen müssen, dass Beths Reaktion durch etwas Ernsteres ausgelöst worden war, aber sie war so in ihre Hochzeitsvorbereitungen vertieft gewesen, dass sie ihrer besten Freundin nicht die Aufmerksamkeit schenken konnte, die sie verdient hätte.

Nun war Beth auf dem Weg zu ihr, und Michelle versuchte, die schrecklichen Szenarien zu verdrängen, die ihr in den Sinn kamen. Beth war gefeuert worden. Oder in eine andere Stadt versetzt worden. Sie war krank. Brauchte eine Niere. Oder, *oh Gott*, vielleicht hatte sie Krebs. Zu dem Zeitpunkt, als es an der Tür klingelte, hatte ihre Freundin mit allen Arten von Katastrophen zu kämpfen, abgesehen von einem Tsunami.

„Fang ruhig ohne mich mit dem Abendessen an", rief Michelle ihrer jüngeren Schwester auf dem Weg durch den Flur zu.

Als sie die Tür aufriss, erschrak sie darüber, ihren Verlobten *und* ihre beste Freundin zu sehen. „Oh, Steven. Ich hab nicht damit gerechnet, dass deine Last-Minute-Geschäftsreise schon zu Ende ist. Warum gehst du nicht zu Corrie in die Küche und unterhältst dich mit ihr? Sie isst gerade zu Abend. Auf dem Herd steht noch Stroganoff. Ich geh nur kurz mit Beth ins Wohnzimmer."

„Eigentlich ...", Steven trat um Beth herum, „bin ich absichtlich mit Beth gekommen. Wir müssen beide mit dir reden."

„Oh. Alles klar." Nun mischte sich Verwirrung unter die Sorge, die bereits in ihrem Bauch brodelte. Sie gab Beth einen Kuss auf die Wange und Steven einen auf die Lippen.

Nachdem sie den beiden aus dem Flur ins Wohnzimmer gefolgt war, gingen Beth und Steven einen Augenblick ziellos im Raum umher, ehe sie sich gegenüber von Michelle auf das Sofa setzten.

„Michelle ...", setzte Steven an.

„Lass mich es tun", unterbrach Beth.

„Nein. Ich glaube, es ist einfacher, wenn ich es erkläre."

„Aber es ist meine Schuld."

„Es geht hier nicht um Schuld." Steven bewegte seine Hand, als wollte er Beth berühren, zog sie dann aber eilig wieder zurück. „Bitte."

Mittlerweile noch verwirrter beobachtete Michelle die Menschen beim Diskutieren, denen sie am allernächsten stand, und fragte sich, an welchem Punkt sie in die Unterhaltung involviert werden würde. „Also irgendjemand sollte mir nun irgendwas erklären, weil keiner von euch beiden bisher etwas Sinnvolles von sich gegeben hat.“

Mit gesenktem Blick nickte Beth, und Steven atmete tief durch. „Wir alle sind schon seit Langem befreundet.“

„Ja. In der Tat“, pflichtete Michelle ihm bei.

„Bitte.“ Steven hob eine Hand. „Lass mich zu Ende sprechen.“

Michelle rutschte an die Sofakante und fragte sich, in welches schreckliche Szenario sowohl Beth als auch Steven verwickelt sein konnten.

„Wie gesagt“, fuhr Steven fort, „habe ich dich und Beth zur gleichen Zeit kennengelernt. Wir drei sind genauso oft zusammen ausgegangen wie wir zwei alleine. In den letzten paar Jahren habe ich mit Beth mehr Banketts und Benefizveranstaltungen besucht als mit dir, weil sich Corries Freizeitaktivitäten oft mit meinen gesellschaftlichen Verpflichtungen überschnitten haben.“

Michelle wandte sich ihrer langjährigen Freundin zu. „Und ich kann dir nicht genug dafür danken, dass du so oft kurzfristig für mich eingesprungen bist.“

Beth nickte schwach.

„Nun.“ Stevens Blick huschte für einen Augenblick zum Kamin, ehe er wieder Michelle anschaute. „Du und ich sind seit fast fünf Jahren verlobt. Die Hochzeit wurde so oft verschoben – ich glaube nicht, dass irgendjemand in diesem Ort noch damit rechnet, dass wir heiraten. Und offen gestanden frage ich mich schon seit einiger Zeit, ob die Tatsache, dass du deine kleine Schwester großziehen musstest, nur eine Ausrede war, weil du mich gar nicht wirklich heiraten willst.“

„Das stimmt nicht.“ Michelle sprang auf und ging auf Steven zu, doch er winkte sie auf ihren Platz zurück.

„Bitte. Setz dich." Er wartete einen quälend langen Augenblick, während sie wieder Platz nahm. „Ich sage ja nur, dass du mir wahrscheinlich zustimmen wirst, wenn wir einen Moment innehalten und uns anschauen, wie die Dinge in letzter Zeit gelaufen sind. Nach all den Jahren sind wir wahrscheinlich mehr in die Idee verliebt, zu heiraten, als ineinander. Zumindest nicht so, wie zwei Menschen füreinander empfinden sollten, die sich das Versprechen geben, für immer zusammen zu bleiben."

Michelle wollte schreien „Du täuschst dich", aber ihr Mund schien nicht zu funktionieren. Natürlich wollte sie Steven heiraten. Wer würde nicht einen Mann heiraten wollen, der so gütig, großzügig und gefestigt war wie er? Während sie darauf wartete, dass Steven fortfuhr, beobachtete sie, wie Beth die Finger ineinander wand und ihrem Blick auswich. Nichts von alledem ergab Sinn.

Und dann traf es sie wie der Schlag. Steven war im Begriff, die Hochzeit abzublasen, und hatte Beth mitgebracht, damit sie ihr beistehen würde. Eine Rolle, die Beth seit ihrer Kindheit wunderbar ausfüllte. Sie war ihre Rettung gewesen, als Michelles Eltern plötzlich gestorben waren und sie mit einem Mal für ein zehnjähriges Mädchen verantwortlich gewesen war.

„Du willst mich nicht heiraten", flüsterte sie. Der Knoten in ihrem Magen wurde fester und zerbarst schließlich, sodass sie sich krümmen musste. All die Zeit, das Geld, das Kleid – die Gäste.

„Liebling … Michelle, ich weiß, es ist jetzt gerade schwer, es zu akzeptieren, aber mit der Zeit wirst du sehen, dass alles, was ich sage, stimmt, das glaube ich ganz ehrlich. Du willst mich nicht wirklich heiraten."

Michelle hob den Kopf, um den Mann anzuschauen, der nun ihr Ex-Verlobter war. Doch ihr Blick fiel auf seine Hand, die fest mit Beths Hand verschlungen war.

Beth hatte aufgehört, ihre Finger ineinander zu winden, und biss sich nun auf die Unterlippe.

Michelle setzte sich gerade hin und betrachtete ihre beste Freundin eingehend. Das konnte nicht wahr sein.

Als Beth aufschaute und nickte, drohte Michelles Mittagessen, wieder hochzukommen.

„Du?", brachte sie hervor.

Diesmal bedachte Steven sie mit einem stummen Nicken. „Morgen Früh nehmen wir den ersten Flug nach Vegas. Beth und ich werden heiraten."

Seit wann existierten Hochzeitsreisen für eine Person?

„Es ergibt aber Sinn." Angie Cannon, Single, attraktiv, brünett, Mitte dreißig und seit drei Jahren Michelles Nachbarin, stand mit in die Hüften gestemmten Händen da und starrte Michelle an, als wäre sie schwer von Begriff.

„Ich …" *Ja, was eigentlich? Ich würde mir dumm dabei vorkommen?* Ob nun am Meer oder zu Hause in Bluffview – dass sie sich dumm vorkam, würde sich so schnell nicht ändern. Was sollte sie also erwidern? „Ich kann Corrie nicht alleine lassen."

„Ich bleibe bei ihr." Ohne zu zögern, bot Angie an, für Michelles ehemals beste Freundin einzuspringen.

Michelle schüttelte den Kopf. Der ursprüngliche Plan war gewesen, dass Beth bei Michelles Schwester Corrie blieb, während Michelle und Steven ihre Kreuzfahrt antraten. Aber da nun Beth und Steven auf Hochzeitsreise in Vegas waren, hatte Michelle nicht nur ihren Verlobten, sondern auch ihre beste Freundin und Anstandsdame für Corrie verloren. „Das kann ich nicht von dir verlangen."

„Das hast du ja auch nicht, ich biete es dir trotzdem

an. Also pack deinen Koffer, und mach dir einen schönen Urlaub."

Einen schönen Urlaub? Michelle hätte sich am liebsten die Haare ausgerupft und wäre schreiend aus dem Zimmer gelaufen. Sie war beinahe erleichtert, als es an der Tür klingelte. *Beinahe.* Wenn sie Glück hatte, würde sie ein paar Zeugen Jehovas auf ihrer Veranda vorfinden, aber bei dem Pech, das ihr in letzter Zeit widerfahren war, war es wahrscheinlicher, dass es irgendeine Nervensäge auf sie abgesehen hatte.

Ohne sich die Mühe zu machen, ein Lächeln aufzusetzen, schwang sie die Tür auf und funkelte die Person, wer auch immer sie sein mochte, wütend an.

„Als du dich krankgemeldet hast, wusste ich, dass irgendwas nicht stimmt. Und dann hab ich die Neuigkeiten erfahren. Ich hab versucht, dich anzurufen." Pam Stuart aus dem Büro kam hereingestürmt wie ein Wirbelwind. „Ich bin so schnell gekommen, wie ich konnte. Dieser Betrüger."

Seit sich im Ort wie ein Lauffeuer verbreitet hatte, dass die arme Michelle sitzen gelassen worden war, wurde sie mit Mitleidsbekundungen überhäuft. Schließlich hatte sie ihren Festnetzanschluss ausgestöpselt und ihr Handy abgeschaltet. Bisher waren nur ihre Nachbarin und ihre Arbeitskollegin mutig genug gewesen – oder vielleicht waren sie auch die Einzigen, denen es nicht egal war –, über ihre Türschwelle zu treten.

„Pam, das ist meine Nachbarin Angie." Michelle deutete auf die Frau, die immer noch mitten im Wohnzimmer stand und die Fäuste in die Hüften gestemmt hatte. „Pam und ich arbeiten zusammen bei der Zeitung."

Die beiden Frauen tauschten ein kurzes Lächeln, ebenso wie ein paar Höflichkeitsfloskeln.

„Kann ich dir was zu trinken anbieten?", fragte Michelle.

Pam schüttelte den Kopf. „Nein danke."

„Also gut." Angie nahm auf dem Sofa Platz und wandte sich Michelle zu. „Ich wiederhole. Du solltest es alleine durchziehen."

„Was?", fragte Pam, die sich nun langsam auf den nächstbesten Stuhl sinken ließ.

„Die Kreuzfahrt", antwortete Angie, aber löste ihren Blick nicht von Michelle.

„Die *Honeymoon*-Kreuzfahrt", korrigierte Michelle.

Ein erfreutes Lächeln machte sich auf Pams Gesicht breit. „Oh, ich finde, das ist eine ganz wunderbare Idee."

Hatten alle im Raum außer ihr den Verstand verloren? Wie konnte sie diesen Menschen nur begreiflich machen, dass sie ihre Hochzeitsreise nicht *allein* antreten wollte?

Pam sprang auf. „Denk doch mal drüber nach. Du willst nicht hier sitzen und Trübsal blasen, wenn das glückliche Paar zurückkommt."

Angie sog zischend die Luft ein und verzog das Gesicht, als hätten Pams Worte ihr körperliche Schmerzen bereitet.

Als ihr bewusst wurde, was sie gesagt hatte, zuckte Pam zusammen. „Tut mir leid, Schätzchen. Du weißt, ich hab's nicht so gemeint, wie es klang."

„Ja. Schon in Ordnung." Aber es war nicht in Ordnung. Es würde niemals in Ordnung sein. Ihre perfekt durchgeplante Hochzeit und das „Wenn sie nicht gestorben sind …" waren mit einem Mal geplatzt. Es hatte den ganzen Tag gedauert, alles abzusagen. Den Kuchen, die Location, den Fotografen, das Catering, die Musiker. Zum Glück hatte Angie die Aufgabe übernommen, allen Gästen Bescheid zu geben.

Das Einzige, was noch abgesagt werden musste, war die Hochzeitsreise. Die Kreuzfahrt war gebucht und bezahlt. In gewisser Hinsicht musste sie Angie zustimmen – es ergab tatsächlich Sinn, sich allein auf die Reise zu begeben. Doch leider war der Teil in ihr, der das Sinnvolle kategorisch ablehnte, dominanter. Ein Honeymoon als Single würde die Leere, die ihre ganze Welt ergriffen hatte, nur noch verstärken.

Nun stand Michelle mitten in ihrem Wohnzimmer und hörte Pam und Angie zu, wie sie ihre Argumente vorbrachten, und ganz langsam schien sich das Sinnvolle immer weiter in den Vordergrund zu drängen. Schließlich würde die Kreuzfahrt es Michelle ermöglichen – wie Pam auf keine sonderlich subtile Weise bemerkt hatte –, für eine kurze Zeit dem gezwungenen Lächeln und den mitleidigen Blicken zu entkommen, die sie sonst würde ertragen müssen. In Bluffview zu sein, wenn ihr Ex-Verlobter und ihre ehemals beste Freundin und Beinahe-Trauzeugin von ihrer spontanen Hochzeit in Las Vegas wiederkamen, erschien ihr so reizvoll wie eine Schale saurer Zitronen zu lutschen.

„Okay, Ladys. Ihr habt gewonnen." Michelle drehte sich auf dem Absatz um und stapfte die Treppe hinauf, ehe der Mut sie verlassen konnte. „Wenn ich mich auf eine Kreuzfahrt begeben soll, dann fangen wir lieber gleich an zu packen."

Zwei Stunden später blickte Pam stirnrunzelnd auf das ärmellose, mit rosa Bändern abgesetzte Baumwollnachthemd hinab, während sie es an Michelle weiterreichte. „Schätzchen, du solltest diese Oma-Klamotten ausmisten und dir einen gut aussehenden Mann, oder auch zwei Männer, suchen, die dir zeigen, wie man sich amüsiert. Wenn du zurückkommst, ist alles nur noch halb so wild. Du wirst sehen."

Für Pam war es ein sportlicher Zeitvertreib, sich mit dem anderen Geschlecht zu amüsieren, wie eine Runde Baseball, die man jeden Abend spielt –

manchmal sogar zwei Runden hintereinander. Natürlich könnte das auch eine Erklärung dafür sein, dass Pam schon viermal verheiratet gewesen war.

Alles, was Michelle zustande brachte, war ein knappes Nicken und ein kläglicher Versuch zu lächeln, was aber eher wirkte wie ein nervöses Zucken.

Angie reichte ihr das letzte Kleidungsstück, das in den Koffer sollte – ein marineblauer Badeanzug. Ein seriöses, diskretes Design, das genau das zu repräsentieren schien, was mit Michelles Leben nicht stimmte. Seriös, fade … und langweilig.

Am nächsten Morgen ließ sich Michelle mit gepacktem Koffer und bereit, für eine Weile zu entkommen, von Angie und Pam zum Flughafen fahren. Ihre neuen Freundinnen blieben bei der Sicherheitskontrolle stehen und winkten breit grinsend. Diese beiden Frauen, die bis vor ein paar Tagen kaum mehr als eine gute Nachbarin und nette Kollegin gewesen waren, standen ihr nun bei wie zwei Pfeiler, die ein Dach vor dem Einsturz bewahrten.

Beobachter wären niemals darauf gekommen, dass Michelle sozusagen am Altar sitzen gelassen worden war und sich nun allein auf Hochzeitsreise begab.

Sie kletterte über den breiten Sitz am Gang hinweg und ließ sich auf den Fensterplatz gleiten, wobei sie innerlich ihren Ex-Verlobten verfluchte. Natürlich hatte Steven – oder der Betrüger, wie Pam ihn so treffend genannt hatte – nicht geknausert. Plätze in der ersten Klasse. *Ich habe alles für unseren Honeymoon geregelt. Du verdienst nur das Beste. Erste Klasse in jeder Hinsicht.* Stevens Worte gingen ihr immer wieder durch den Kopf. Wem wollte sie etwas vormachen?

Auf dieser Reise würde sie Steven Williams IV nicht entkommen. Pam hatte recht. Er war ein Betrüger.

„Hätten Sie gern einen Champagner vor dem Start?" Die hübsche blonde Stewardess hielt ihr ein Tablett mit kleinen Plastikflöten hin.

Offenbar durfte man in der ersten Klasse Champagner genießen, während die übrigen Passagiere mit den Gepäckfächern kämpften und sich auf enge Sitze quetschten, die niemandem über zwölf genügend Platz boten.

„Nein da…" Sie hielt mitten im Wort inne. Warum eigentlich nicht? Auch wenn Michelle Bradford normalerweise nur an Silvester Champagner trank … Wollte sie tatsächlich die nächsten zehn Tage dasitzen und alle anderen dabei beobachten, wie sie Spaß hatten? Pam hatte recht. Sie verdiente es, sich zu amüsieren. Champagner zum Frühstück. Kaviar zum Mittagessen. Steak und Hummer zum Abendessen.

Michelle Bradford, das prüde und anständige Vorbild mit Oma-Outfits und seriösen Badeanzügen, konnte genauso gut in Bluffview bleiben. Michelle, der schwungvolle Single, würde in den nächsten zehn Tagen verdammt viel Spaß haben. Und damit würde sie genau jetzt beginnen.

KAPITEL 2

„Wie zur Hölle soll ein Mensch denn in diesen Dingern laufen können?", murmelte Michelle und bemühte sich, möglichst elegant den Flur entlangzuschreiten. Sie wusste ganz genau, dass sie eher aussah wie ein Teenager, der sich verkleidet hatte.

Als sie die Entscheidung getroffen hatte, ihre Vernunft abzulegen, hatte sie erkannt, dass nicht viel Aufregendes passieren würde, wenn sie sich weiterhin wie eine Kleinstadt-Bibliothekarin kleidete. Eine der Stewardessen hatte ihr erzählt, dass der beste Ort, um Kleidung zu kaufen, South Miami Beach sei. Da sie Angst gehabt hatte, das Ablegen des Schiffes zu verpassen, hatte sie nur Zeit für ein Geschäft gehabt, um sich eine neue Garderobe zuzulegen.

Die kesse rothaarige Verkäuferin – die wirkte, als sei sie nicht alt genug, um Hollywood-Chic und schlechten Geschmack auseinanderzuhalten – hatte Michelle versichert, dass sie aussah wie ein Star.

Nun schnitten ihr die engen Sandalen mit den Lederriemen in die Füße, und die Pfennigabsätze gaben ihr das Gefühl, auf Zahnstochern zu gehen. Aber im Namen aller Frauen, die am Altar sitzen gelassen worden waren, würde sie nicht aufgeben. Schließlich schaffte sie es von ihrem Prunkgemach in die Lounge mit Meerblick. Die runden Barhocker aus Leder lockten sie wie das Lied einer Sirene. Zumindest konnte sie darauf zählen, dass niemand von ihr erwarten würde, morgen am Strand hohe Sandalen mit Lederriemen zu tragen.

„Was hätten Sie gern?", fragte der Barkeeper.

Sie legte ihre Schlüsselkarte auf die Theke und ignorierte den kleinen Engel auf ihrer Schulter, der ihr befahl, eine Cola Light zu bestellen. „Irgendwas Exotisches."

Für einen Moment dachte sie, der Mann würde sie nach ihrem Ausweis fragen. Die Art, wie er sie ansah, mit einer leicht hochgezogenen Augenbraue, verriet, dass er denken musste, sie sei zu jung oder verrückt oder dass die Mitarbeiterin der Boutique tatsächlich einen schlechten Geschmack hatte. Doch dann sank die Augenbraue, und er nickte knapp. „Einen BBC für die Dame."

BBC. Das klang eher wie ein britischer Fernsehsender und wenig exotisch. Sie blickte an sich hinab. Ihre bronzefarbene an der Ferse offene Sandale hing lose an ihrem Fuß hinunter. Mit überschlagenen Beinen gab der kurze kakifarbene Rock ein paar Zentimeter mehr von ihrem Oberschenkel frei, als ihr lieb war, und dennoch widerstand sie dem Drang, den Saum runterzuziehen.

„Bringen Sie Ihr wahres Ich zum Vorschein", hatte die junge Frau im Geschäft gesagt. „Sie haben tolle Beine. Alle Welt sollte sie sehen." Doch aufgrund des dünnen Stoffes ihres schulterfreien Tops und den arktischen Temperaturen auf dem klimatisierten Schiff, durch die sich ihre Brustwarzen unter dem Stoff abzeichneten, vermutete sie, dass sie der Welt weitaus mehr zeigte als ein bisschen Bein.

„Bitte sehr." Der Barkeeper stellte ein hohes Glas mit einer Kokosnussscheibe und einem bunten Schirmchen vor ihr ab. „Bleiben Sie noch für die Quizshow?"

„Was?" Michelles Blick war weiterhin auf das dickflüssige milchshake-artige Getränk fixiert. Langsam und mit zitternden Fingern griff sie danach. *Nun komm schon,* tadelte sie sich. *Es ist kein Gift.*

„Die Quizshow", wiederholte er. „Ein Ratespiel. Jemand aus dem Animationsteam leitet es – da drüben am Flügel auf der anderen Seite der Lounge." Er deutete in die andere Ecke des großen Raumes. „Ist unterhaltsam und eine gute Gelegenheit, andere Passagiere kennenzulernen."

„Oh. Vielen Dank." Sie hielt ihren Drink mit beiden Händen und rutschte vom Hocker, wobei sie einen Schluck trank, um sich Mut zu machen, ehe sie zu den anderen wartenden Passagieren staksen würde. „Hey, der ist übrigens ziemlich lecker. Wie hieß er noch gleich?"

„BBC. Baileys Banana Colada."

Vierzig Minuten und drei BBCs später stolzierte Michelle, die Kappe, die sie mit ihrem Team beim Quiz gewonnen hatte, in den Händen, ins Casino. Alles, was sie offenbar gebraucht hatte, um ihren unsicheren Gang zu überwinden, war ein bisschen Baileys gewesen.

„Ich gehe zu den Spielautomaten. Es gibt nur ein paar, in die man noch Münzen einwerfen kann, also muss ich mich beeilen, um noch einen zu erwischen." Sarah, die beim Quiz mit ihr in einem Team gewesen war, deutete zu ihrem Mann. „Er setzt gerne höhere Beträge ein und spielt Craps."

„Das stimmt." Der Mann beugte sich vor und küsste seine Frau kurz auf die Lippen, ehe er durch den vollen Saal auf die Spieltische zusteuerte.

Michelle verlagerte ihr Gewicht von einem Fuß auf den anderen und ignorierte den Anflug von Neid, der sie angesichts der zärtlichen Geste des Ehepaars überkam. „Die Automaten klingen eher nach meinem Geschmack, aber ich glaube, ich schaue mich vorher ein bisschen um.“

„Alles klar. Du weißt ja, wo du mich findest, wenn dir langweilig wird.“ Sarah glitt auf einen Stuhl, eine Plastiktasse mit Münzen in der Hand.

Die geschäftigen Geräusche von bimmelnden Spielautomaten, sich drehenden Roulette-Rädern und redenden und jubelnden Leuten weckten auch in Michelle den Wunsch zu spielen. Ein paar Minuten lang blieb sie am Craps-Tisch stehen und schaute Sarahs Mann zu.

Die Leute legten ihre Jetons auf den Filztisch, woraufhin eine Person würfelte. Die Einsätze wurden ausgelegt und wieder eingesammelt, und immer wieder war lautes Jubeln zu hören. Dem Münzturm von Sahras Mann nach zu urteilen, wusste *er* zumindest, was vor sich ging.

Als die Kellnerin kam, um die Getränkebestellungen aufzunehmen, zögerte Michelle. Der süße kleine Engel auf ihrer Schulter verzieh ihr die vier Getränke, die sie schon gehabt hatte. Aber die kleine Boutique-Mitarbeiterin, die ihr ins andere Ohr flüsterte, überzeugte sie, dass die Drinks nichts weiter als glorifizierte Bananen-Milchshakes waren. Also bestellte sie noch einen. Sie nahm einen großen Schluck und schlenderte mit dem frischen Cocktail in der Hand zum Roulette-Tisch hinüber.

Dieses Spiel kannte sie. Mit zehn Dollar in der Tasche wollte sie ihr Glück versuchen. Bis jetzt hatte sie nicht erkannt, wie viel Zeit ihres Lebens sie im Abseits verbracht hatte. Andere Leute verreisten, aber nicht sie – sie nutzte ihre Urlaubstage für den Frühjahrsputz. Die Wochenenden verbrachte sie mit Waschen und Einkaufen. Ja, Kinobesuche waren wirklich das Aufregendste, was in ihrem bisherigen Leben passiert war. Und in den meisten Fällen wartete sie sogar, bis die Filme auf DVD oder Streamingplattformen erhältlich waren. Das war preiswerter.

Aber jetzt war alles anders. Zum ersten Mal würde sie mitten im Geschehen sein. Sie stellte ihr halb leeres Cocktailglas ab, reichte dem Croupier ihr Geld und umklammerte die runden Jetons, die sie im Gegenzug erhielt. Auf welche Zahl sollte sie setzen? Die Anzeigetafel hinter dem Spielleiter zeigte alle Zahlen und Farben, die kürzlich gewonnen hatten. Sie kaute auf ihrer Unterlippe herum und studierte die anderen Spielenden. Ein beleibter älterer Mann machte Einsätze in Form von hohen Jeton-Türmen auf fünf verschiedene Zahlen. Neben ihm setzte eine dünne brünette Frau einen kleinen Turm auf Schwarz. Der Mann, der über ihrer Schulter hing, entschied sich für die Einundzwanzig.

Als alle ihre Einsätze gemacht hatten, drehte der Croupier das innere Rad in eine Richtung und warf die Kugel in entgegengesetzter ins Spiel. Michelle blieb keine Zeit mehr, sie hatte ihre Chance verpasst.

Plötzlich streckte jemand seinen Arm von hinten an ihr vorbei und schob einen Turm aus Jetons auf die schwarze Siebzehn. Als eine tiefe Stimme „Bitte entschuldigen Sie" sagte, ließ sie einen Jeton fallen.

In einem verzweifelten Versuch, ihre Ungeschicktheit zu überspielen, schob sie den Jeton Richtung Schwarz. Auf eine Farbe zu setzen, war nicht allzu riskant. Das sollte den Engel und die Verkäuferin zum Schweigen bringen.

„Rien ne va plus."

Sie hielt den Atem an, schloss die Augen und öffnete sie gleich wieder. Wie merkwürdig würde sie aussehen, wenn sie mit geschlossenen Augen an einem Roulette-Tisch stand, nachdem sie einen einzigen Jeton eingesetzt hatte?

„Die schwarze Siebzehn."

Ihr Blick fiel auf den Mann, der sich nun neben sie gesetzt hatte.

Seine Stimme war so tief und sexy, dass drei kleine Worte – *„Bitte entschuldigen Sie"* – sie ganz nervös gemacht hatten. Und kein Wunder. Alles an ihm war sexy. Pechschwarzes Haar, meerblaue Augen und ein von der Sonne karamellfarben gebräunter Teint, der sich von seinem weißen Button-Down-Hemd mit den hochgekrempelten Ärmeln abhob. Seine Unterarme waren muskulös. Ja, er wirkte definitiv wie ein Spieler. Der Typ verbrachte vermutlich seine gesamte Freizeit mit Segeln oder auf einem Tennisplatz. In einem Club. Einem privaten Club. Mit einer hübschen Blondine in jedem Arm.

Michelle rutschte ein paar Zentimeter zur Seite, nahm einen Schluck von ihrem BBC und schob ihren Jeton, mit dem sie soeben gewonnen hatte, wieder auf Schwarz.

Der sexy Arm bewegte sich nach vorn und schob weitere Jetons auf die Siebzehn.

Warum machte man zweimal einen Einsatz auf die gleiche Zahl? Das musste die Gewinnchancen doch schmälern. Sie konnte es sich nicht verkneifen, einen Blick auf ihn zu werfen, und fiel fast hintenüber, als sie feststellte, dass er sie beobachtete.

Nun zwinkerte er. Ihre Blicke hatten sich gekreuzt, und er hatte gezwinkert!

„Keine weiteren Einsätze."

Entschlossen betrachtete sie das sich drehende Rad. Sie würde ihn nicht anschauen. Auf keinen Fall.

„Die schwarze Siebzehn."

Okay, noch ein einziges Mal.

Er zwinkerte schon wieder, aber diesmal lächelte er auch noch. Ein großes, breites Lächeln, das schöne weiße Zähne zum Vorschein brachte. Wahrscheinlich Veneers.

Aber verdammt, ihre Knie wurden schon wieder weich.

Da sie ihn nicht anstarren wollte wie ein unbehol-fener Teenager, lächelte sie und richtete ihre Aufmerksamkeit wieder auf das Rad. Zeit für eine kleine Veränderung. Ein Jeton – ach, was soll's –, zwei Jetons auf Rot.

Der sexy Arm schob einen Turm aus Jetons auf die rote Sechzehn, aber nahm seine Hand nicht weg.

Unfähig, zu widerstehen, warf sie einen Blick in seine Richtung.

Sein Blick ruhte auf ihr, beinahe so, als würde er warten. Aber auf was?

Sie schenkte ihm ein schwaches Lächeln und schaute wieder auf das Rad. Sie musste aufhören, diesen Mann anzusehen.

Sein Arm verschwand, und der Croupier rollte die Kugel.

„Rien ne va plus."

Die Drehungen wurden langsamer, die Kugel hüpfte und kam schließlich zum Stillstand. „Die rote Sechzehn."

Mit offenem Mund starrte sie den Fremden neben sich an. „Wie haben Sie das gemacht?" Sie hatte gar nichts sagen wollen, aber die Worte waren ihr einfach über die Lippen gekommen.

„Ich hab nichts gemacht. Das waren Sie."

„Ich?"

Die Kellnerin brachte weitere Getränke.

Mr Sexy bestellte Bourbon auf Eis.

Michelle bestellte noch einen BBC. Der kleine Engel auf ihrer Schulter musste eingeschlafen sein, da er nicht mehr mit ihr diskutierte. Oder sollte sie …

„Vielleicht probiere ich mal was Neues. Was trinkt die Dame dort drüben?" Michelle deutete auf die Frau am benachbarten Roulette-Tisch, die ein hohes Glas mit einem blauen Getränk und Obstspieß in der Hand hielt.

„Bahama Mama.“

„Das nehme ich auch.“

Michelle war nicht überrascht, dass der sexy Fremde sich wieder dem Spiel gewidmet hatte, aber er hatte seinen nächsten Einsatz noch nicht gemacht. Er spielte mit ein paar Jetons, die er von einer Hand in die andere gleiten ließ.

In ihrer eigenen Hand hielt sie vier Jetons. Nicht gerade eine hohe Summe. Sie hatte bereits beschlossen, dass sie nicht, wie anfänglich geplant, mit ihren zehn Dollar, sondern nur mit ihren Gewinnen spielen würde. Nun musste sie sich entscheiden. Schwarz oder Rot? Der Geburtstag ihrer Mutter war der elfte November. Beide Zahlen waren schwarz. Sie legte einen Jeton auf Schwarz und bemerkte, dass Mr Sexy zu ihrer Linken sich vorbeugte und auf die schwarze Vierundzwanzig setzte. Sich auf Schwarz und Rot zu beschränken, war feige. Sie war hier, um sich zu amüsieren. Also atmete sie tief durch, lehnte sich nach vorn und legte einen zweiten Jeton auf die schwarze Elf. „Das ist für dich, Mama“, flüsterte sie leise.

Zu ihrer Überraschung bewegte Mr Sexy seine Jetons von der Vierundzwanzig auf die Elf. Er imitierte doch nicht etwa ihren Spielzug? Meine Güte. Was, wenn dem so war und sie verlieren würde? Ihre Jetons hatten den geringsten Wert, der existierte, aber die Jetons des Mannes waren teurer: zehn, zwanzig … ach, du lieber Himmel, ein Einsatz von fünfzig Dollar auf ihre schwarze Elf. Panik ergriff ihr Herz und raubte ihr den Atem.

„Keine weiteren Einsätze.“

Sie kniff die Augen zusammen, und es war ihr egal, wer es mitbekam. *Oh, bitte, bitte.*

„Die schwarze Elf“, rief der Croupier.

Sie öffnete die Augen, und der Mund blieb ihr offen stehen, während ihr Herz zu rasen begann. „Wir haben gewonnen?“ Ohne nachzudenken, wirbelte sie herum und schlang die Arme um Mr Sexy. Dann löste sie sich von ihm und quietschte: „Wir haben gewonnen!“ Wieder umarmte sie ihn.

„Ja, das haben wir.“ Seine Arme lagen um ihrer Taille, und die Vibration seiner tiefen Stimme durchfuhr sie wie die letzten kleinen Erschütterungen eines Erdbebens. „Sollen wir es noch mal tun?“

KAPITEL 3

Boléro von Ravel drang in Kirks Ohren. Jeder Beat prallte von seinem Bourbon-benebelten Gehirn ab. Kirk ignorierte die unausstehliche Melodie, die aus seinem Telefon drang, vergrub die Ohren zwischen zwei Kissen und verfluchte Ravel und den Typen an der Bar im Nachtclub, der es für eine gute Idee gehalten hatte, der sich lichtenden Menge Tequila zu spendieren. Dann verfluchte er sich selbst dafür, dass er einen getrunken hatte.

„Schon gut." Er warf die Kissen durch die kleine Kabine und durchsuchte sein Handgepäck. „Hallo!" Sofort bereute er es, in sein Telefon geschrien zu haben. Jemand hatte offenbar seinen Kopf zu einem Amboss umfunktioniert. „Hallo", wiederholte er leiser.

„Ich wollte mal hören, wie es dir so geht, wo du dieses Jahr alleine reist", sagte sein Freund Dave.

„Wie spät ist es?" Ganz gleich, wie oft er seine Augen zusammenkniff und sie wieder öffnete, die Zahlen auf seiner Armbanduhr blieben verschwommen.

„Viertel nach zehn. Ich hätte ja gewartet mit dem Anruf, aber Deb hat mich geschickt, um was aus der Cafeteria zu holen, und ich war mir nicht sicher, ob ich noch mal eine Chance bekommen würde, mich zu melden."

„Jaja. Wie geht es Debs Mom?"

„Nicht so schlecht, wie Deb befürchtet hat."

Kirk kroch zurück ins Bett und zog sich wieder die

Decke über den Kopf. „Ich hab's dir ja gesagt. Es ist nur eine gebrochene Hüfte. Aber so, wie Deb klang, hätte man meinen können, es ginge um Leben und Tod."

„Ich weiß. Aber ich bin nicht mit dir verheiratet. Ich kann es mir leisten, dir eine Abfuhr zu erteilen. Außerdem ist es nicht so, als würde nicht eine Schar Frauen Schlange stehen, um dich davon abzuhalten, einsam zu werden. Was war es denn letzte Nacht? Blond, rothaarig?"

Kirk hielt das Telefon ein Stück von seinem Ohr weg. Er hatte gar nicht gewusst, dass sein Freund so eine laute Stimme hatte. „Brünett." *Glaube ich.*

„Ist sie jetzt da?" Dave flüsterte nun.

„Jetzt?" Kirk zog sich die Decke vom Gesicht und betrachtete mit zusammengekniffenen Augen, da Licht durch die leicht geöffneten Vorhänge fiel, das noch immer gemachte Einzelbett auf der anderen Seite des Raumes. „Nein."

„Bist wohl nicht mehr so gut."

„Ich bin immer noch der Alte. Wir waren die Letzten im Club, als irgendeiner angefangen hat, uns Tequila auszugeben. Offenbar verträgt die Dame nicht so viel." Das stimmte. Sie war gut drauf gewesen, aber nach den Shots hatte niemand mehr sicher auf den Beinen gestanden. „Ich habe sie sicher in ihre Kabine gebracht, irgendwann gegen fünf."

„Sie muss wirklich betrunken gewesen sein, wenn du allein auf dein Zimmer gegangen bist."

„Das waren wir beide. Also wenn es dir nichts ausmacht, schlafe ich jetzt weiter, bis die Sonne untergeht."

„Kein Parasailing? Ich bin schockiert."

„Ach, verdammt!" Kirk sprang aus dem Bett, und der Boden schwankte unter ihm.

„Was?"

Er legte die Hand an seinen Kopf in der Hoffnung, dass dieser nicht einfach von seinen Schultern fallen würde. „Ich habe mit ... äh ... wie heißt sie noch gleich ... ausgemacht, dass wir uns zum Parasailing treffen. Zumindest glaube ich das."

„Du glaubst? Wie viel Tequila hast du denn getrunken?"

„Genug."

„Vielleicht erinnert sie sich auch nicht mehr daran."

„Vielleicht. Aber falls doch, will ich sie nicht hängen lassen. Sag Deb, ich bin froh, dass es ihrer Mom gut geht, und dass sie mir was schuldig ist, weil sie dich von unserem jährlichen Trip abgehalten hat."

„Letzteres kannst du ihr selbst sagen. Viel Spaß weiterhin. Und tu nichts, was ich nicht auch tun würde."

„Dann hätte ich genauso gut zu Hause bleiben können." Kirk lachte, und das Hämmern in seinem Kopf verwandelte sich in ein sanfteres Pochen. Was er brauchte, war eine lange Dusche und eine Bloody Mary. Nicht zwingend in dieser Reihenfolge. Dann musste er rausfinden, mit wem er sich verabredet hatte ... und wie sie hieß. „Wir hören uns, wenn ich zurück bin."

„Alles klar, Mann. Und danke noch mal, dass du Verständnis hast."

„Kein Problem." Kirk warf das Telefon auf das leere Bett und wühlte in seiner Reisetasche herum, um die Badeshorts zu finden. Falls er sich recht erinnerte, Betonung auf *falls*, war seine Verabredung mit ... „Wie heißt sie noch mal? Mary, Maddie, Megan, Mmmmiiichelle!" Richtig. Michelle.

Sie war zögerlich gewesen, sich mit ihm zum Frühstück zu verabreden, und hatte sich schließlich auf die Abmachung eingelassen, ihn um elf Uhr an Deck zu treffen. Wenn er sich beeilte, hätte er vielleicht sogar Zeit, eine Kleinigkeit zu essen.

Er konnte die Frau noch nicht recht einschätzen. In einer Minute hatte sie wild getanzt, mit einem so geübten Hüftschwung, als würde sie jeden Abend nichts anderes machen, und dann war sie wieder ganz schüchtern und kleinlaut geworden und errötet wie eine Jungfrau in der Hochzeitsnacht. Was auch immer in ihr vorgehen mochte, er hätte ein Wochengehalt darauf verwettet, dass sie ein Vulkan war, der bereit zum Ausbruch war, und das wollte er sich auf keinen Fall entgehen lassen.

Zehn Uhr fünfundfünfzig. Noch fünf Minuten, wenn er dann nicht hier war, würde Michelle wieder ins Bett gehen, wo sie hingehörte. Sie drückte die Strandtasche an ihre Brust und ärgerte sich darüber, dass sie das Gepäck mit ihrer alten Kleidung am Flughafen im Schließfach zurückgelassen hatte. In diesem Moment hätte sie alles dafür gegeben, den langweiligen marineblauen Badeanzug wiederzuhaben. Dieser Bikini verbarg kaum etwas von dem, was Gott ihr geschenkt hatte, und die Tunika hatte mehr Löcher als Stoff.

Zehn Uhr sechsundfünfzig. Was hatte sie sich nur dabei gedacht, einer Verabredung zum Parasailing zuzustimmen? „Aber ja, ich habe Parasailing ohnehin eingeplant. Warum sollte man denn zu den Inseln reisen, wenn man keinen Wassersport mag?"

Wassersport. Angebunden an ein fahrendes Boot durch die Luft zu fliegen, war kein Sport, sondern Wahnsinn. Sie schaute noch einmal auf ihre Armbanduhr. Zehn Uhr siebenundfünfzig.

Parasailing. *Steven Williams, das ist alles deine*

Schuld. Wenn du nicht mit meiner besten Freundin durchgebrannt wärst, läge ich noch in meiner Kabine im Bett.

„Guten Morgen."

Diese Stimme. Tief und leise und sexy. Der Klang ließ alles in ihr weich werden. „Morgen. Ich, äh … Ich bin, äh, bereit, wenn du es bist." Das höfliche Sie hatten sie am gestrigen Abend schon nach kurzer Zeit abgelegt.

„Darauf kannst du wetten. Ich lasse mir keine Chance entgehen, über dem Wasser zu schweben – nur ich und der Wind."

„Dann machst du das also öfter?" Sie hielt die Strandtasche noch immer vor ihren Körper wie einen Schild und reichte der Frau am offenen Tor ihre Kabinenkarte. Dabei hoffte sie, dass Mr Sexy nicht bemerkte, wie ihre Knie zitterten. „Ich meine, in die Karibik reisen?"

„Ich bin beruflich viel unterwegs. Zwischen den Aufträgen nehme ich mir gerne Zeit, um ein bisschen rauszukommen und Spaß zu haben. Abzuschalten."

Sie nickte stumm. Das letzte Mal, dass sie aus ihrem kleinen Ort rausgekommen war, war anlässlich der Beerdigung ihrer Großmutter Betty gewesen, die in Boca Raton stattgefunden hatte. Nicht gerade ein Sommerurlaub. Da sie nicht wusste, was sie sagen sollte, schaute sie über die Reling hinweg zu dem kleinen Boot, das sie an Land bringen würde.

Gestern Abend an Deck des Schiffes hatte sie den tief stehenden Mond bewundert, der einen kleinen schimmernden Pfad auf der schwarzen Decke aus Wasser gebildet hatte. Als sie die Wellen unter ihnen nun bei Tag betrachtete, biss sie die Zähne zusammen, denn sie wollte nichts von sich geben, womit sie preisgab, dass sie selbst nicht viel reiste. So viele herrliche und satte Blau- und Türkistöne – das musste die Farbe sein, die Gott als Aquamarin im Sinn gehabt hatte. Sie wollte über die Reling klettern und ihre Hand durch das kalte, saubere Wasser gleiten lassen.

„Ist es nicht schön?"

„Das Wasser? Klar."

Sie wagte einen Blick in seine Richtung. „Kein Wunder, dass du gerne herkommst."

Kirk betrachtete konzentriert einen blaugrünen Parasailing-Schirm in der Ferne, ehe er den Blick senkte, um ihrem mit einem zufriedenen Lächeln zu begegnen. „Viel Arbeit, viel Vergnügen. Sonst dreht man schließlich durch."

Was hatte diese Frau nur an sich? Braune Haarsträhnen wehten ihr um das Gesicht. Schlanke, lange Finger klammerten sich an dem Gurt um ihrer Taille fest und lösten sich nur manchmal, um eine widerspenstige Haarsträhne hinter ihr Ohr zu streichen. Sie trug noch immer die Tunika, die ihren Bikini verdecken sollte, unter dem Gurt. Als man ihr gesagt hatte, es sei bequemer ohne, hatte sie sich an dem Kleidungsstück festgeklammert wie eine schockierte alte Dame, die ihre Perlen festhielt, und dann höflich abgelehnt.

Kirk trat in seinen Gurt, während er aus dem Augenwinkel beobachtete, wie sie neben ihm nervös herumzappelte. Ihr Lächeln war breit und fröhlich, aber in ihren Augen lag die blanke Panik.

„Du hast so was noch nie gemacht, oder?"

„Nicht direkt."

Was in Wahrheit hieß: nicht mal annähernd. Genau, wie er vermutet hatte. „Es wird dir gefallen. Es gibt nichts Besseres, als in der Luft zu fliegen, frei wie ein Vogel."

Ihr Gesicht wurde kurz bleich, und dann konnte er beinahe zusehen, wir ihr eiserner Wille alles andere ausblendete. Ihre ängstlichen Augen strahlten plötzlich vor Begeisterung, die weißen Fingerknöchel entspannten sich am Gurt, und das steife breite Lächeln wurde zu einem Lachen. „Das klingt nach mir. Frei wie ein Vogel."

Und das sollte sie für den Rest des Tages tatsächlich sein.

Nach dem Parasailing stolperten sie lachend und voller Adrenalin aus dem Motorboot. Sie legte ihre Tunika mit der Eleganz einer Burlesque-Tänzerin ab und reichte ihm eine Flasche Sonnencreme. „Macht es dir was aus, mir den Rücken einzucremen? Ich komm nicht dran."

Ob es ihm etwas ausmachen würde? Himmel, er wartete schon seit gestern Abend darauf, sie zu berühren. Sonnencreme auf ihrer seidig-weichen Haut zu verteilen, war nur der Anfang von dem, was er im Sinn hatte.

Danach wurde sie zu einem unaufhaltsamen Wirbelwind. Zuerst die Paddelboote. Zu langweilig. Dann die Kajaks. Sie drehten sich ein paarmal im Kreis und brachen in Gelächter aus, ehe sie den Dreh raushatten, wie man synchron ruderte. Nach einer kurzen Pause gingen sie surfen. Als sie das letzte Boot zurück zum Schiff nahmen, war er bereit, ins Bett zu fallen. Die Frau powerte ihn vollkommen aus.

Michelle hob ihren Kopf Richtung Sonne, schloss die Augen und atmete tief ein, als würde sie versuchen, so viel Wärme wie möglich in sich aufzusaugen. „Ich hatte riesigen Spaß. Danke, dass du's mit mir ausgehalten hast."

„Danke gleichfalls." Kirk nutzte die Situation aus und schaute seine neue Bekannte an. Schaute sie *richtig* an. Weich und kurvenreich. Nicht in übertriebenem

Maße wie eines der nackten Mädchen aus der Tageszeitung, sondern auf eine „Die-besten-Dinge-des-Lebens-kommen-in-kleinen-Verpackungen"-Art.   Ihr Bikini überließ nur wenig der Fantasie, und in seiner Fantasie hatte er die Knoten der dünnen Bänder längst gelöst. Er hoffte, dass sie die Sonnencreme oft genug aufgetragen hatte. Es wäre wirklich eine Schande, wenn er seine Pläne, die Fantasie zur Realität zu machen, wegen eines Sonnenbrandes aufgeben müsste.

Das Boot kam zum Stillstand und wippte neben dem Schiff leicht auf und ab.

Er trat zur Seite und ließ Michelle vorgehen, den Blick auf ihre sich wiegenden Hüften gerichtet. Wenn alles glattlief, würden seine Tagträume heute Abend definitiv in Erfüllung gehen.

Was für ein Tag. Wer hätte gedacht, dass Michelle Bradford, Pfadfinderin, Mitglied des Eltern-Lehrer-Verbundes und stets auserkorene Fahrerin, ihren Tag in der Luft mit Mr Sexy verbringen würde? Die Verkäuferin in Miami hatte eindeutig gewusst, wovon sie sprach. Michelle fühlte sich attraktiv und abenteuerlustig und sah auch so aus. Das geschah dem Betrüger recht.

Sie hatte sich für das goldene rückenfreie Minikleid statt für das schwarze mit den Pailletten und dem tiefen Ausschnitt entschieden und versuchte, den Engel auszublenden, der ihr befahl, den Stoff weiter über ihre Oberschenkel zu ziehen. Das ohnehin schon kurze Kleid war hochgerutscht, als sie gesessen hatte, und sah fast … welches Wort hatte ihre Schwester noch verwendet? Ach ja, verrucht. Es sah fast verrucht aus. Aber nach den Blicken zu urteilen, die Kirk immer wieder in ihre Richtung warf, lohnte es sich.

„Möchten Sie einen?", fragte der Kellner, der ein Tablett mit bunten Schnapsgläsern hielt.

„Ist das alles das Gleiche?" Als würde sie überhaupt irgendeines von den Getränken kennen. Einige Gläser waren rot, manche blau, andere grün. Wie hübsche Souvenirs. Vielleicht könnte sie um ein leeres bitten.

Ehe sie den Mund aufmachen konnte, meldete sich die kleine Boutique-Mitarbeiterin, die den ganzen Tag mit dem Engel gestritten hatte, wieder zu Wort. „Um Himmels willen. Du bist doch hier, um das Leben zu genießen. Und du musst nicht fahren. Such dir eins aus und trink es. Ach was, trink sie alle."

Alle wäre vielleicht ein bisschen viel, aber die Stimme hatte recht. Abenteuerlustige Frauen baten nicht um leere Schnapsgläser. „Ich hätte gern einen Blauen."

„Einen Italian Stallion." Ein italienischer Hengst.

Michelle spürte, wie ihr die Röte am Hals heraufkroch und sich auf ihren Wangen ausbreitete.

Offenbar hatte Kirk ein weniger ausgeprägtes Schamgefühl, oder er hatte einen guten Engel auf der Schulter. Er hatte nicht nur ein Glas beider Sorten für sich selbst bestellt, sondern hatte den Kellner auch gebeten, ihr zusätzlich ein rotes und ein grünes zu servieren.

Lieber Himmel. Das Leben genießen, rief sie sich in Erinnerung. Sie setzte ein fröhliches Lächeln auf, griff nach dem hübschen blauen Glas, sagte „Prost" und stürzte den Inhalt hinunter. „Mmh. Was war das noch mal?"

„Amaretto, Baileys und Tia Maria."

„Ah, kein Wunder. Ich mag Baileys."

Kirk nahm einen kleinen Schluck von seinem blauen Glas. „Baileys Banana Colada."

Die Tatsache, dass er ihr Lieblingsgetränk kannte, hätte keinen Unterschied machen sollen, doch das tat es. Sie fühlte sich wie ein aufgeregtes Schulmädchen, das vor Freude übersprudelte und sang: *Mr Sexy kennt mein Lieblingsgetränk.*

Als Nächstes griff sie nach dem hübschen roten sanduhrförmigen Glas. „Wie heißt dieser Drink?"

„French Kiss."

Einen Kuss würde sie sich jetzt auch wünschen. Lieber Himmel, was hatte sie nur für Gedanken? Die kleine Verkäuferin auf ihrer Schulter grinste wissend. Der überwältigte Engel verzog das Gesicht. Ja, die Verkäuferin hatte es begriffen.

„Das sollte dir auch schmecken." Kirk deutete mit dem Kinn auf das Glas in ihrer Hand.

„Baileys?"

Er nickte.

Diesmal nahm sie einen kleinen Schluck. „Du scheinst eine Menge über Mischgetränke zu wissen."

„Ich habe mich zu Unizeiten mit einem Job als Barkeeper über Wasser gehalten."

„Das klingt interessant."

Er hob gelassen eine Schulter, doch die Geste wirkte aus irgendeinem Grund alles andere als gelassen. „Hat gereicht, um die Rechnungen zu bezahlen."

Der Kellner erschien mit ihrem Abendessen, und sie fragte sich, ob es der Job, das Geld oder die Uni im Allgemeinen war, was ein Problem für ihren abenteuerlustigen Gefährten dargestellt hatte. „Was hast du denn studiert?"

„BWL." Er schnitt in sein Steak und hielt den Bissen für einen kurzen Moment in die Luft. „Das ist eines der Dinge, die ich an dieser Kreuzfahrtlinie liebe. Sie wissen, wie man Fleisch zubereitet."

„Hast du schon Kreuzfahrten mit unterschiedlichen

Linien unternommen?"

Er nickte und schnitt sich das nächste Stück ab. „Mit allen."

„Mit allen?" Um ihn nicht mit offenem Mund anzustarren wie eine gestrandete Forelle, schob sich Michelle einen Bissen Salat in den Mund.

„So ziemlich, ja. Wie ich bereits sagte: viel Arbeit, viel Vergnügen."

„Aber wo nimmst du die Zeit her, so viel zu reisen?"

„Ich bin selbstständig. Ich nehme Auftragsarbeit an, und wenn sie vorbei ist, verreise ich. *Ich* entscheide, wann es wieder an der Zeit ist zu arbeiten. Niemand sonst."

„Aber manchmal bleibst du doch zu Hause und verbringst Zeit mit deinen Freunden und deiner Familie? Leerst du nie deinen Briefkasten, machst Wäsche oder putzt das Haus?" So sehr es ihr auch gefiel, den Freigeist zu spielen, konnte sie sich nicht vorstellen, ihre Schwester nie zu sehen. In den letzten sieben Jahren hatte es nur sie beide gegeben.

„Ich hab keine Familie. Die meiste Post , die ich bekomme, ist unwichtig. Meine Bankangelegenheiten und Rechnungen verwalte ich von meinem Smartphone aus, egal wo auf der Welt ich gerade bin. Solange die Reinigungskraft die Toiletten sauber hält, bin ich glücklich." Er schenkte ihr ein schiefes Lächeln. „Und nichts hält mich davon ab, zum nächsten Ziel auf meiner Liste zu reisen."

„Deine Liste?"

„Im Moment arbeite ich alle Orte ab, die in dem Lied *Kokomo* vorkommen."

„*Kokomo*? Von den Beach Boys?"

„Denk mal drüber nach. Wenn man das Wasser liebt, ist *Kokomo* eine gute Orientierung für die Karibik. Von Key Largo in Florida nach Montego Bay in Jamaika, Aruba, Bermuda, Bahamas. Auf dieser Reise kann ich auch Martinique abhaken. Danach peile ich Montserrat an."

„Das ist wirklich ein Ort?"

„Südöstlich von Puerto Rico. Die halbe Insel wurde in den Neunzigern bei einem Vulkanausbruch begraben, daher ist es kein beliebter Ort für Touristen. Aber es soll wunderschön dort sein."

Und der Freund, der eigentlich mit dir reisen sollte, wie heißt er noch gleich?"

„Dave."

„Richtig. Dave. Er begleitet dich auf all deinen Abenteuern?"

„Nein, seine Frau würde ihn umbringen." Kirk vollführte eine Bewegung mit seinem Steakmesser, um seine Aussage zu untermauern. „Nach seinem ersten Jahr des Jurastudiums haben ihm seine Eltern eine Reise nach Europa geschenkt. Damals waren wir zum ersten Mal miteinander unterwegs."

Sie stach ihre Gabel in den Salat. „Klingt teuer."

„Wäre es gewesen, so wie Daves Familie es geplant hatte. Dave hat sein Erste-Klasse-Ticket gegen zwei normale Tickets eingetauscht und mich mitgeschleppt."

„Mitgeschleppt? Nach Europa?" Sie lachte laut auf. „Als gäbe es irgendjemanden auf der Welt, der sich nicht um so eine Gelegenheit reißen würde."

„Du auch?"

„Natürlich." Oder vielleicht auch nicht. Sie hatte das College abgebrochen, um einen Vollzeitjob bei der Zeitung anzunehmen. An dem Tag, als ihre Eltern starben, hatte sie Partys, Football-Spiele und jegliche mädchenhafte Träume hinter sich gelassen. Als ihre alten Freundinnen ihren Abschluss machten, hatte sie sich ein neues Leben aufgebaut und versorgte ihre kleine Schwester, um die Rolle ihrer Mutter so gut wie möglich einzunehmen. Sie hätte auf keinen Fall Corrie zurückgelassen, um durch die Welt zu reisen, sondern sich mit Händen und Füßen gewehrt.

„Hey." Kirk wedelte mit seiner Gabel in der Luft herum. „Du bist mit den Gedanken woanders. Bin ich so langweilig?"

„Nein. Kein bisschen. Erzähl mir mehr von der Reise."

„Es war toll. Jeder weiß, dass es auf der Welt mehr zu sehen gibt als seine Heimat. Aber es ist etwas anderes, wenn man tatsächlich vor dem Eiffelturm, dem Buckingham Palace oder den Ruinen von Pompeji steht. Damals habe ich beschlossen, niemals sesshaft zu werden."

„Inwiefern sesshaft?"

„Na, auf die übliche Art. Was man sich vorgaukeln lässt."

„Vorgaukeln?"

„Wahrscheinlich würden es die meisten Leute den amerikanischen Traum nennen. Ein Haus mit Gartenzaun, zwei Komma fünf Kinder und natürlich ein Hund. Ein Mann, der in diese Falle tappt, hat normalerweise eine Vierzig-Stunden-Woche, die schnell zu einer Achtzig-Stunden-Woche wird, damit er für die Kinder und das Haus bezahlen kann. Und wann immer er nicht arbeitet, muss er das Haus instand halten. Und ich will gar nicht erst davon anfangen, was eine Frau kostet."

„Du bist ein ganz schöner Zyniker."

„Nein, nur praktisch veranlagt. Ich will nicht enden wie in einem alten Rock'n'Roll-Lied. Du weißt schon. Das Lied über das Highschool-Paar, deren Liebe fortbesteht, selbst als die Spannung vorbei ist. Ich habe vor, die Spannung bis an mein Lebensende aufrechtzuerhalten."

Kirk legte sein Besteck auf den Teller und winkte dem Kellner.

Ein dünner Mann, der Mitte fünfzig sein musste, kam durch die Menge geeilt. „Sind Sie bereit für den Nachtisch?"

Das Übliche „Nein danke, ich esse nichts Süßes" lag Michelle auf der Zunge, aber es gelang ihr, sich die Worte zu verkneifen. „Irgendwas mit viel Schokolade."

Der Kellner wandte sich Kirk zu.

„Für mich das Gleiche, aber mit Eis."

„Ausgezeichnet." So schnell, wie er gekommen war, verschwand der Kellner wieder.

„Wo waren wir?", fragte Kirk.

„Bei der Spannung im Leben. Und dein Freund denkt genauso?"

„Das hat er getan, bis er in die Falle getappt ist."

„Ah, ein Haus mit zwei Komma fünf Kindern?"

„Eine Wohnung in San Francisco. Noch keine Kinder, aber ein Hund. Ich glaube, Deb lässt Dave am Welpen üben, ehe sie ihm die Verantwortung der Vaterschaft auferlegt."

Das brachte Michelle zum Lachen. „Aber er macht immer noch einmal im Jahr mit dir Urlaub. Nun, außer dieses Jahr."

„Deb ist recht locker. Ich habe ihn zwei Wochen im Jahr für mich, sie bekommt ihn in den anderen fünfzig, aber genug davon. Was steht heute Abend an? Kasino? Eine Show? Tanzen?"

Sie brauchte keinen Engel auf ihrer Schulter, um zu wissen, dass es das Beste wäre abzulehnen. Als Frau, die vor dem Überqueren einer Straße nach links und recht schaute – und zwar zweimal –, würde sie niemals Zeit auf einen Mann verschwenden, der eine Familie als Falle betrachtete und fand, dass das Leben nur aus Vergnügungen bestehen sollte. Deshalb hatte sie die letzten sieben Jahre auch mit Steven verbracht, einem verlässlichen, verantwortungsbewussten, respektablen Menschen. Aber wo hatte das schließlich hingeführt?

In den zwei Tagen, die sie mit Kirk verbracht hatte, hatte sie mehr gelächelt, gekichert und gelacht als in den fünf Jahren, in denen sie mit Steven verlobt gewesen war. In acht Tagen würde sie in ihren gewöhnlichen Alltag in Bluffview zurückkehren, wo sie für ein Haus und einen Teenager verantwortlich war und ein gutes Vorbild sein musste. Ihre Röcke würden ihre Knie bedecken, ihre Absätze würden niedrig und bequem sein und ihre Getränke alkoholfrei. Sie würde wieder ein sicheres und vernünftiges Leben führen. Ein Schwarz-Weiß-Bild von ihr selbst als alte Frau kam ihr in den Sinn, wie sie in einem gepunkteten Kleid und langweiligen Schuhen allein auf einem Schaukelstuhl auf der Veranda vor dem Haus saß und eine schlafende Katze streichelte. Die arme alte Jungfer, die vor fünfzig Jahren am Altar sitzen gelassen worden war.

Liebe Güte, und wenn es nur zehn Tage ihres langen, vernünftigen und bequemen Lebens waren, sie würde sich die Spannung nicht entgehen lassen. „Ich bin für Tanzen."

KAPITEL 4

Die Morgensonne traf Michelle durch die kleine Lücke zwischen den zugezogenen Vorhängen. Warm eingekuschelt in ihrer Kabine verkroch sie sich tiefer unter der Decke und murmelte in ihr Kissen. „Noch fünf Minuten."

„Mm", pflichtete eine tiefe Stimme ihr bei, während sich ein schwerer Arm um sie legte, um sie an einen harten Körper heranzuziehen. Die Haare an seiner Brust kitzelten ihren nackten Rücken.

Nackt? Abrupt schlug Michelle die Augen auf. Das gnadenlose Sonnenlicht trieb ihr Dolche in die Schläfen. Sie schloss die Augen wieder und versuchte, den Schmerz in ihrem Kopf zu vertreiben, während sich ein lauerndes Unwohlsein in ihrem Magen breitmachte.

Nackt. Sie war nackt … im Bett … mit einem Mann. Mit einem nackten Mann. Liebe Güte, was hatte sie getan?

„Morgen", murmelte die tiefe Stimme in ihr Ohr.

„Mm."

Verschwommene Erinnerungen drangen in ihr Bewusstsein, und mit einem Mal wusste sie wieder, was gestern Abend passiert war. Kirk, das Lachen, das Tanzen. Oh, das Tanzen. Twostep, Jive, eine peinliche Darbietung des Jitterbug und ein eng umschlungenes Hin-und-Her-Wiegen, das man nicht als Tanzen bezeichnen konnte. Sie hatte die Wange an seine

Schulter gelegt und sich an ihn geschmiegt, als wollte sie eins mit ihm werden. Kein Wunder, dass sie danach schnell den Club verlassen, über den Flur getorkelt und in den Aufzug gestiegen waren, ohne auch nur ein Stück Abstand voneinander zu nehmen. In dem Moment, als sich die Stahltüren geschlossen hatten, war sein Mund auf ihren getroffen. Und es war ein heißer Kuss gewesen. Verschlungen wie tropische Ranken waren sie zu ihrer Kabine gestolpert, und als sie diese betreten hatten, war alles schnell gegangen. Knöpfe wurden geöffnet, und Stoff flog durch die Luft. Zusammen hatten sie Höhepunkte erlebt, die sie nicht für möglich gehalten hatte. Zu dem Zeitpunkt, als sie eingeschlafen waren, hatte sie verstanden, wovon ihre Arbeitskollegin Pam in all den Jahren geschwärmt hatte.

Und lieber Himmel sie wollte es am liebsten wieder tun. Doch der Engel auf ihrer Schulter war schockiert darüber, Michelle im Bett mit einem Fremden vorzufinden, und tadelte sie dafür, so unvorsichtig gewesen zu sein. Die Stimme der Vernunft drängte sie dazu, ihre Kleidung einzusammeln, ihre Taschen zu packen, am nächsten Hafen von Bord zu gehen, der Versuchung zu entfliehen und so schnell sie konnte in ihr geordnetes, vernünftiges Leben zurückzukehren.

Gerade als die Vernunft die Oberhand gewann und das Pflichtgefühl ihr Verlangen überstieg, spürte sie Kirks warmen Mund an ihrem Hals, was ein Kribbeln an ihrer verspannten Wirbelsäule hinabsandte.

„Köstlich. Meine Micki", flüsterte er an ihrer Haut. Seine süßen Lippen bahnten sich einen Weg an ihrem Hals hinab zu ihrer Schulter.

Wie die Flut, die vom Mond beherrscht wird, drehte sich ihr Körper wie von allein in seine Arme. Zur Hölle mit der Vernunft.

Vielleicht war sie diesmal zu weit gegangen. Ihre Beine schmerzten, und wenn sie sich falsch bewegte, rutschte der Gurt auf unangenehme Weise zwischen ihre Pobacken.

Warum glaubten die Leute, es mache Spaß? Jede Berührung war wie von Farbe bedecktes Schmirgelpapier, nicht wirklich glatt und nicht wirklich rau. Und wozu das alles? Um den Gipfel zu erklimmen und die verfluchte Glocke zu läuten.

Als Michelle sah, dass einer der Kletterer einen leichten Stromschlag bekam, als er eine Metallschraube am nächsten Haltegriff berührte, und ein Stück hinunterrutschte, hätte sie beinahe ihre Ausrüstung abgelegt und wäre gegangen. Doch als ein Kind, das halb so groß war wie sie, die Glocke läutete und locker auf den Füßen landete, beschloss sie, dass ihre Angst unangebracht war.

Nun, da sie die Wand schon zur Hälfte hochgeklettert war, überdachte sie ihre Strategie. Würde sie sich wirklich zum Narren machen, wenn sie aufgeben und hinunterrutschen würde? Vielleicht sollte sie doch erst oben ankommen. Immerhin war sie jetzt Micki Bradford, die abenteuerlustige Frau, die gern Spaß hatte. Ganz gleich, welchen Spitznamen Kirk ihr gab, in Wahrheit war sie immer noch die langweilige, vernünftige Michelle. Eine Frau, die verrückt sein musste, denn sie versuchte, einen künstlichen Berg hinaufzuklettern.

Ein Schritt nach dem anderen. Sie stieß ein resigniertes Seufzen aus und drückte sich hoch. Ja, sie würde es schaffen. Sie widerstand dem Drang, nach unten zu blicken, griff in die nächste Vertiefung in der Wand und dann in die darüber. Den Blick nach oben gerichtet, erschien ihr schon bald der scheinbar unüberwindbare Abstand bis zur Spitze nicht mehr so weit weg. Sie streckte den Arm aus, achtete darauf, nicht abzurutschen, und zog am Band.

Die Glocke erklang, und innerlich jubelte sie. Sie hatte es geschafft. Sie hatte es wirklich geschafft. Sie war eine zwölf Meter hohe Wand hinaufgeklettert. Trotz des unbequemen Gurtes, der wunden Finger, der müden Beine. Bemüht darum, auf dem Weg nach unten nicht das Seil zu berühren, landete sie auf den Füßen und wirbelte voller Freude zu Kirk herum. „Wer als Erstes oben ist!"

Micki hatte eine Lebensfreude, die Kirk nicht ignorieren konnte. Eine ansteckende Energie. Mit ihr schien das Gewohnte neu und spannend. Heute, am letzten Hafen, als sie über den überfüllten Touristenmarkt gegangen waren, der genauso war wie jeder Markt auf jeder Insel, die er je besucht hatte, hatte er sich auf der Suche nach dem nächsten Schnäppchen von ihrer Begeisterung mitreißen lassen.

„Wie teuer ist das?" Sie hatte sich einen großen grünen Strohhut aufgesetzt.

„Für Sie, meine wunderschöne Dame, nur fünfundzwanzig Dollar."

Kirk schluckte und unterdrückte ein Lachen. Diese arme Inselbewohnerin hatte keine Ahnung, was ihr blühte. Seine Micki mochte aussehen wie jede andere Touristin, aber in ihr steckte eine clevere Frau, die besser verhandeln konnte als viele Geschäftsleute. Kirk hatte sie den ganzen Morgen beobachtet. Wenn sie den Hut haben wollte, und mittlerweile erkannte er das Funkeln in ihren Augen, wenn sie etwas gefunden hatte, das ihr wirklich gefiel, würde sie ihn bekommen, und zwar nicht für fünfundzwanzig Dollar.

„Nein danke." Sie unterdrückte ein Lächeln und reichte der Frau den Hut zurück. Das hatte sie an jedem Inselhafen getan. Entweder hatte sie eine riesige Familie oder genügend Freunde, um einen ganzen Ort zu füllen. So oder so schaute er ihr gern dabei zu, wie sie einkaufte, nach dem perfekten Geschenk für einen geliebten Menschen suchte und es dann auf einen fairen Preis herunterhandelte.

„Der ist handgefertigt. Normalerweise verkaufen wir die Hüte für dreißig Dollar. Heute können Sie ihn für nur zwanzig haben."

„Zehn."

„Nein, Miss. Schauen Sie sich die Qualität an. Achtzehn."

Micki schüttelte den Kopf und trat einen Schritt vom Stand weg, ehe die Frau ihr hinterherrief.

„Fünfzehn."

„Zehn", wiederholte Micki. Sie hatte vorhin einen ähnlichen Hut für diesen Preis gesehen, der ihr nicht ganz so gut gefallen hatte, und daher offenbar beschlossen, dass dies ein fairer Preis sein musste.

Die Frau zögerte eine Sekunde lang. „Zwölf. Das ist mein letztes Angebot."

„Danke, aber ich bin nicht bereit, mehr als zehn Dollar zu bezahlen." Mit diesen Worten drehte sie sich um und entfernte sich zwei Schritte.

Doch die Frau drückte ihr den Hut in die Hand. „Zehn Dollar für die hübsche Miss."

Er musste sich beherrschen, ihr nicht das breite Grinsen aus dem Gesicht zu küssen. Wenn er Dave erzählen würde, wie viel Spaß er daran hatte, jeden Gang des überfüllten Touristenmarkts entlangzulaufen, würde sein Freund eine umfassende medizinische Untersuchung empfehlen, vielleicht sogar einen psychologischen Test.

Zum wiederholten Mal hätte Kirk fast seine standfeste Regel gebrochen und Micki nach ihrer Telefonnummer gefragt. Bis jetzt war sie die perfekte Schiffsgefährtin gewesen. Zusammen hatten sie viel gelacht und ordentlich gefeiert. Nichts existierte außerhalb des Hier und Jetzt. Sie kannte die Regeln des Spiels genauso gut wie er. Abgesehen vom ersten Abendessen an Bord, als er von seinem Urlaub mit Dave und seiner Reiselust erzählt hatte, hatten beide nichts Persönliches von sich preisgegeben. Vielleicht hatte sie sogar einen Mann und zwei Komma fünf Kinder zu Hause. Obwohl er das bezweifelte.

In den letzten neun Tagen hatte er sich so oft gefragt, was ihre Geschichte war. Warum war sie allein auf dem Schiff? Für die meisten Frauen, denen er bisher im Urlaub begegnet war, gab es für Reisen ohne Begleitung einen einfachen Grund – Männer und Sex. Aber aus irgendeinem Grund wusste er seit dem ersten Tag, dass diese interessante Dame anders war. Dennoch hielt er an den ungeschriebenen Gesetzen einer Kreuzfahrt-Liaison fest: nichts fragen, nichts preisgeben.

Außerdem wusste er, dass es in der richtigen Welt kein „anders" gab. Alle Frauen waren gleich. Der amerikanische Traum war nichts weiter als eine gut vermarktete Falle, und er wollte nicht daran teilhaben. Auf der nächsten Reise würde es eine neue Frau geben, auf die er sich einlassen konnte. Es würde immer neue Frauen geben, aber er wusste, dass sie alle wie die Frauen vor Micki wären.

Nun blieb sie abrupt vor ihm stehen, und das vertraute Funkeln trat wieder in ihre Augen. Sie musste einen Goldanhänger im Schaufenster des Juweliers gesehen haben.

„Sollen wir reingehen?", fragte er.

Die Entscheidung schien ihr schwerzufallen, denn sie kaute auf ihrer Unterlippe herum, als würde sie darüber nachdenken, wie sie den Weltfrieden herbeiführen könnte. „Micki?"

„Ähm, klar."

Ein Mann mittleren Alters mit einem leichten britischen Akzent in einem weißen Anzug kam auf sie zu. „Kann ich Ihnen helfen?"

Sie deutete auf den vorderen Bereich des Ladens. „Ich würde gern den Anhänger im Schaufenster sehen. Den fliegenden Vogel."

„Gewiss."

Sie folgte dem Mann mit ihrem Blick, während er das Fensterglas öffnete und mit dem großen goldenen Anhänger zurückkam und ihn vor ihnen auf ein Samttablett legte. „Es ist ein bezauberndes Stück."

„Mm", pflichtete sie ihm bei.

Bei dem Vogel mit den ausgebreiteten Flügeln schien es sich um eine Möwe zu handeln. An seinem Kopf, den man nur von der Seite sah, befand sich ein Auge in Form eines dunkelgrünen Smaragds, der hell funkelte. Das Schmuckstück war atemberaubend.

Mit vorsichtigen Fingern versuchte sie unauffällig, das kleine Schildchen umzudrehen. Das Leuchten in ihren sehnsüchtigen Augen wurde von dem Schreck vertrieben, den der Preis ihr versetzte. Wahrscheinlich war es ein Einzelstück.

„Es handelt sich um achtzehnkarätiges Gold, und auch wenn der Smaragd klein ist, ist er von höchster Qualität und stammt aus Kolumbien."

„Ja. Danke." Micki lächelte und trat zurück.

„Wir nehmen ihn." Kirk war nicht aufgefallen, ob sie auf dem Schiff Schmuck getragen hatte. Sie würde eine Kette oder ein Armband für den Anhänger brauchen. Aus irgendeinem Grund wusste er, dass sie zu Hause eher ein diskretes Armband tragen würde.

„Und ein Armband dazu."

„Aber nein." Mit vor Überraschung geweiteten Augen bedeckte sie seine Hand mit ihrer. „Das lasse ich nicht zu. Der Anhänger ist wunderschön, aber …"

„Bitte." Er drehte seine Hand unter ihrer, verschränkte ihre Finger miteinander und drückte sie leicht. „Es ist unser letzter Tag. Ich möchte, dass du ihn hast."

Einige Sekunden lang sah er etwas in ihrem Blick, das zuvor noch nie dort gewesen war – Schmerz. Er wollte sie mit dem Geschenk glücklich machen, nicht traurig. Und dann, als hätte er es sich nur eingebildet, trat das fröhliche Leuchten wieder in ihre Augen zurück.

„Danke." Sie drückte seine Hand nun auch. „Das wäre schön."

KAPITEL 5

„Ich komme nicht darüber hinweg, wie toll du aussiehst." Angie, Michelles Nachbarin, half ihr dabei, das Gepäck hinauf in ihr Zimmer zu tragen.

„Ich muss zugeben, du siehst wirklich heiß aus in diesem Outfit", meldete sich Corrie zu Wort.

„Mm." Michelle hatte kaum genug Zeit gehabt, um ihr ursprüngliches Gepäck zu holen und für ihren Flug einzuchecken, ganz zu schweigen davon, ihre alte Kleidung wieder anzuziehen.

So sehr es ihr auch missfallen hatte, ihr war nichts anderes übrig geblieben, als eine Gebühr für das zusätzliche Gepäck zu bezahlen. Sie hatte für die Kreuzfahrt so viele Sachen gekauft, die sie wahrscheinlich nie wieder im Leben tragen würde. Aber sie hatte sie auch nicht zurücklassen wollen. Vielleicht würde sie sie an ein Frauenhaus spenden. Klar. Weil Frauen in Frauenhäusern auch Kreuzfahrt-Outfits brauchten, besonders Cocktail-Kleider. Sie könnte die Koffer mit der Kleidung wahrscheinlich einfach auf dem Dachboden verstauen. Vielleicht würde sie eines Tages wieder auf Reisen gehen. Möglicherweise sogar mit Kirk. *Na klar.* Sie wusste rein gar nichts über ihn, abgesehen von seinem Vornamen und dass er ein kleines herzförmiges Muttermal an der linken Hüfte hatte. Diese Informationen könnte sie wohl kaum in eine Suchmaschine eingeben, um ihn ausfindig zu machen. Sie hatte keine Ahnung, wo er zu Hause war oder was er beruflich machte. Alles, was sie wusste, war, dass er in der Consulting-Branche tätig war. Was auch immer das bedeutete. Er könnte sogar ein Auftragskiller bei der Mafia sein.

Sie schaute sich im Zimmer um und bemerkte zum ersten Mal all die Beigetöne. Keine einzige knallige Farbe, um den Raum aufzupeppen. Das war ihre Realität. Die Reise war vorbei. Der Nervenkitzel, frei wie ein Vogel zu leben, war Geschichte. Sie war noch nicht mal zwei Stunden wieder zu Hause, und schon fragte sie sich, ob sie all das wirklich erlebt hatte.

Sie schloss die linke Hand um den Anhänger an ihrem Handgelenk. Ja, sie hatte es wirklich erlebt.

Corrie ließ sich auf das Bett ihrer Schwester fallen. „Steven hat seit seiner Rückkehr aus Vegas jeden Tag angerufen. Ich hab alle Nachrichten gespeichert."

Angie presste die Lippen aufeinander und funkelte den Teenager wütend an.

Pam verdrehte die Augen und berührte Michelle sanft am Arm. „Wir wollten eigentlich noch nicht über ihn reden. Du brauchst Zeit, um dich wieder einzugewöhnen."

„Aber sie kann den beiden nicht ewig aus dem Weg gehen", merkte Corrie an. „Ich meine, Beth ist ihre beste Freundin."

„War", versetzte Pam.

„Ist, war, was auch immer." Corrie winkte ab. „Weißt du, dass sie schon seit fast einer Woche wieder zu Hause sind und Beth kaum das Haus verlassen hat? Ich hab gehört, sie hat sich eine Weile freigenommen."

„Woher soll deine Schwester das wissen? Sie hatte eine tolle Zeit ohne die Betrügerin. Nicht wahr, Liebes?"

„Pam, bitte."

Pam stieß ein frustriertes Seufzen aus. „Ach, komm

schon. Corrie ist kein Baby mehr."

„Wurde Zeit, dass das jemand bemerkt." Corrie verschränkte die Arme vor der Brust und nickte, um ihre Worte zu untermauern.

Pam warf Corrie einen warnenden Blick zu, ehe sie sich wieder an Michelle wandte. „Erzähl uns von deiner Reise. Ich nehme an, dass du nicht die ganze Zeit in der Kabine verbracht hast, wenn ich mir deine Bräune anschaue."

Nicht die ganze Zeit. Michelle unterdrückte ein Schmunzeln, schob den nun leeren Koffer unter ihr Bett und öffnete die Tasche mit den Geschenken. Ganz oben lag die imitierte rosa-weiße Prada-Tasche, die sie in Nassau für nur zehn Dollar gekauft hatte.

Corrie sprang vom Bett auf und griff nach der Tasche. „Cool."

„Gut, denn die ist für dich." Michelle hatte sich zunächst nicht zwischen der kleinen rosa Tasche und der größeren braunen entscheiden können und war sich bis jetzt nicht sicher gewesen, ob sie die richtige Wahl getroffen hatte. „Ich, äh, nehme an, Beth ist bei Steven eingezogen?", fragte sie leise, während sie in der Tasche herumkramte.

„Dann reden wir also doch über ihn?" Pam ließ sich in den Sessel sinken.

„Nein." Michelle zog ihre Stilettos aus, an die sie sich gewöhnt hatte, und schlüpfte in die Bugs-Bunny-Pantoffeln. Zumindest für eine Weile würde sie den besten zehn Tagen ihres Lebens hinterhertrauern. Sie reichte Pam ein paar bunt bemalte Holzfische. „Hier."

Pam griff nach den unterschiedlich großen Fischen. „Die gefallen mir super."

„Als ich sie gesehen habe, wusste ich, sie sind perfekt für dich." Michelle drehte sich zu Angie um und reichte ihr ein schweres Bündel aus Handtüchern.

„Was ist das?"

„Dein Geschenk. Na ja, ganz tief drin. Ich wollte nicht, dass es zerbricht.“

Angie nahm das Bündel auf den Schoß und entfernte langsam die Handtücher. „Liebe Güte!“

„Für deine Sammlung.“ Michelle war sich nicht sicher, ob der karibische Stil ein wenig zu übertrieben für Angies sonst eher klassische Teekannensammlung war. Hätte sie etwas für Beth aussuchen müssen, hätte sie keine Probleme gehabt, das perfekte Geschenk zu finden. Sie kannte Beth Norton besser als sich selbst. Oder zumindest hatte sie das geglaubt.

„Sie ist wunderschön.“ Angie hielt die kleine Teekanne hoch, die eine Inselhütte darstellen sollte. Der Deckel bildete das Dach, und der untere Teil bestand aus einem himmelblauen Haus mit rosa Fenstern. Darauf befanden sich gelbe, violette und rote Blumen. Palmen auf beiden Seiten bildeten den Schnabel und den Griff. Angie strahlte. „Wow. Sie ist ganz anders als alles, was ich habe. Danke.“

„Nein, ich danke euch, dass ihr mich davon überzeugt habt, alleine zu verreisen, und dass ihr ein Auge auf meine Schwester hattet.“

Für Corrie hatte sie noch mehr gekauft – ein T-Shirt, das in der Sonne die Farbe wechselte, Flip-Flops mit winzigen Muscheln und eine Reihe von Kleinigkeiten, denen sie einfach nicht hatte widerstehen können.

„Was ist das?“ Corrie setzte sich lachend den Strohhut auf. „Als könntest du den in Bluffview jemals tragen.“

„Das genügt, junge Dame.“ Michelle streckte die Hand aus, um ihr den Hut abzunehmen, als Pam die Finger um ihr Handgelenk legte.

„Vergiss den Hut. Was ist *das*?“

„Ich glaube, das nennt sich Armband mit Anhänger.“ Sie sagte die Worte mit so viel Selbstbewusstsein, wie sie aufbringen konnte.

Pam studierte das Schmuckstück eingehender und warf einen Blick in Michelles Richtung, ehe sie sich wieder dem Armband zuwandte. „Das, meine Freundin, ist nichts, was sich eine Frau normalerweise selbst kauft. Los, erzähl schon."

„Es gibt nichts zu erzählen. Normalerweise verreise ich ja auch nicht oder mache Parasailing, und ich habe beides getan. Ich hab den Anhänger im Schaufenster gesehen und musste ihn haben. Das ist alles." Und das stimmte ja auch. Die Tatsache, dass sie ihn nicht selbst gekauft hatte, war irrelevant.

Corrie erhob sich aus ihrer sitzenden Position, sodass sie nun kniete, und machte große Augen. „Parasailing?"

„Ja." Das hatte sie nicht erzählen wollen, aber zumindest hatte es Pam von dem Armband abgelenkt.

„Echt?", fragte Angie.

„Echt." Michelle schloss den Reißverschluss des Koffers, rieb sich die Hände und schaute ihre Freundinnen und ihre Schwester an, die dasaßen wie ein erwartungsvolles Publikum. Zu schade, dass sie nicht vorhatte, mehr preiszugeben. Die abenteuerlustige Micki war Vergangenheit. Die vernünftige Michelle war zurück. „Was essen wir heute Abend?"

„Hey Kumpel", begrüßte Kirk seinen Freund am Flughafen. „Ich hab nicht damit gerechnet, dich hier zu sehen."

„Deb und ich haben uns darauf geeinigt, dich vom Flughafen abzuholen und dir Abendessen zu kochen, als Entschädigung dafür, dass ich dich in letzter Minute im Stich gelassen habe."

Kirk hob gelassen eine Schulter. „Ist ja alles gut gegangen."

„Wie lief es mit der Brünetten? Sie war brünett, oder?“

„Ja. War ganz okay.“ Er wusste nicht, warum, aber er hatte keine Lust, über Micki zu reden.

„So schlimm?“

„Es war in Ordnung. Du weißt ja, wie es auf Kreuzfahrten ist. Sie sind alle gleich. Hat man eine Insel gesehen, hat man alle gesehen.“

„Verstehe. Wie war Martinique?“

„Hohe Luftfeuchtigkeit. Es ist ein Regenwald.“ Offenbar hatte er auch keine Lust, über die Reise im Allgemeinen zu reden.

„Und wohin geht die nächste Reise? Montserrat, oder?“

„Es sei denn, ich bekomme den Auftrag in Kairo. Wenn es klappt, muss Montserrat warten.“

Dave ging vor ihm her zum Parkplatz. „Meinst du, du hast gute Chancen?“

„Nicht wirklich, aber es wäre ein Durchbruch. So könnte ich mir einen internationalen Ruf aufbauen. Geschäfte mit den ganz Großen machen.“

„Und bis dahin?“

„Ich habe einen kleinen Auftrag für das Medienunternehmen, für das ich vor zwei Jahren auch den Job beim Radio gemacht habe. Sie wollen jetzt Zeitungen kaufen und auseinandernehmen. Das Projekt beginnt am Montag.“

„So bald schon. Wie lange, meinst du, dauert es?“

„Kurz und schmerzlos. Der Auftrag wirkt klar und zielgerichtet. Ein Kleinstadtunternehmen, zu hohe Ausgaben, zu viele Angestellte, alte Muster. In sechs Wochen sollte ich fertig sein. Maximal acht. Falls ich nach Kairo soll, bin ich bereit.“

Dave betätigte die Taste an seinem Schlüssel, um die Wagentüren zu öffnen, bevor sie am Auto angekommen waren. „Hast du nicht langsam genug davon, Ebenezer Scrooge zu spielen? Immer nur den Untergang zu erleben?"

„Dafür werde ich bezahlt. Und zwar ziemlich gut. Außerdem kann man keiner Firma helfen, aus den Miesen rauszukommen, wenn man sich nicht mit den roten Zahlen auseinandersetzt."

„Klar." Dave öffnete den Kofferraum und wartete darauf, dass Kirk sein Gepäck darin verstaute, ehe er ihn wieder schloss. „Deb hat übrigens gekocht. Dir macht es doch nichts aus, bei uns zu Hause zu essen, statt auszugehen?"

Kirk stieg ein und legte den Gurt an. „Kommt drauf an, ob sie wieder einen Kochkurs macht und ich als Versuchsobjekt herhalten muss."

„Nein." Dave lächelte. „Ihr kurzer Abstecher in die chinesische Küche war der letzte. Von nun an gibt es nur noch Gerichte, die sie auch wirklich beherrscht. Ich hoffe, ich kann ihr beweisen, dass wir uns auch auf der Terrasse prächtig amüsieren können und nicht mehr Platz brauchen."

„Ah, sie ist im Hauskaufmodus, oder?"

Dave lenkte den Wagen vom Parkplatz. „Fang nicht davon an."

„Ich hab dich gewarnt, Kumpel. Am Anfang sind sie nett und umgänglich. Dann geht alles den Bach hinab. Zuerst war es der Hund, jetzt ist es ein Haus. Als Nächstes kommen Kinder, dann ein größeres Haus, Colleges-Fonds und die Sportvereine. Du bist sechs bis sieben Tage für sechzehn bis zwanzig Stunden im Büro eingesperrt, um all das finanzieren zu können. Und in zwanzig Jahren, während du dir den Allerwertesten aufreißt, um deiner Familie ihren Lebensstil zu ermöglichen, verlässt dich das nette Mädel, das du geheiratet hast, für einen anderen Kerl, weil du keine Zeit mehr hast, um so viel Spaß zu haben wir früher. Die amerikanische Falle. Ein langsamer, aber sicherer Abstieg."

Dave schüttelte den Kopf. „Eines Tages wirst du eine Frau kennenlernen, bei der jeglicher Zynismus von dir abfällt, und ich werde in der ersten Reihe sitzen und zuschauen."

„Das wird nicht passieren." In den letzten zwölf Jahren hatte es nur eine Frau gegeben, die ihn dazu veranlasst hatte, seine Regel, sich auf nichts Festes einzulassen, infrage zu stellen. Am Ende hatte er der Versuchung jedoch widerstanden. Nein, er war auf der sicheren Seite. Er bezweifelte, dass er in seinem Leben noch einmal einer Micki Bradford begegnen würde. „Was gibt's denn nun zum Abendessen?"

So weit, so gut. Nach fast einem ganzen Tag zu Hause, in ihrem richtigen Leben, schlug sich Michelle noch immer wacker. Mit Angie und Corrie saß sie in einer Ecke des *Pancake House* kurz vor der Stadtgrenze. Pam hatte angeboten, ihr Date mit Bernie Crawford abzusagen und sie zu begleiten, aber Michelle hatte ihr versichert, dass das nicht nötig sei.

Selbst nach zehn Tagen Gourmet-Mahlzeiten und obwohl es Abend war, hatte sie heute nur Lust auf Vollkorn-Blaubeerpfannkuchen mit Diätsirup. Außerdem war sie noch nicht bereit, sich einer Welt zu stellen, in der ihre beste Freundin und ihr Verlobter miteinander verheiratet waren. Und überall in der Stadt hätte sie jederzeit jemandem begegnen können, der mit ihr über das frischverheiratete Paar reden wollte. Oder schlimmer noch: Sie hätte den beiden begegnen können. Das *Pancake House* war gerade weit genug entfernt, um sicherzustellen, dass sie in einer Steven-und-Beth-freien Zone essen könnte.

„Hab ich irgendwas Wichtiges verpasst, während

ich weg war?", fragte sie.

Angie zeigte mit einem Mal großes Interesse am Besteck, und Corrie nahm einen betont langen Schluck von ihrem Soda.

„Okay, was ist passiert?"

Corrie schob das Getränk weg und lehnte sich auf ihrem Stuhl zurück. „Du kannst es ihr genauso gut erzählen."

„Nein. Wir haben es doch besprochen. *Du* hast es getan. *Du* erzählst es ihr."

„Es ist nicht Schlimmes. Nur eine kleine Party."

Angie begann, mit dem Zeigefinger auf die Tischplatte zu tippen.

„Na schön. Ich hab Angie erzählt, dass ich bei Brittany übernachte, und Brittany hat ihrer Mom erzählt, dass sie bei mir übernachtet."

Auch wenn es der wahrscheinlich älteste Teenager-Trick aller Zeiten war, hatte Michelle nicht damit gerechnet, so etwas von ihrer kleinen Schwester befürchten zu müssen. „Und weiter?"

Corrie starrte auf ihr Getränk und rührte mit dem Strohhalm darin herum. „Du weißt doch noch, dass der *Sadie's Dance* am Samstag nach deiner Abreise stattgefunden hat?"

Michelle nickte.

„Billy Webb hat eine Afterparty organisiert."

Michelle war noch nie gut darin gewesen, ihre Gefühle zu verbergen, und der Schreck musste ihr ins Gesicht geschrieben stehen, denn als Corrie von ihrem Glas aufblickte, sprach sie hastiger weiter.

„Es ist aber nicht so, als seien seine Eltern nicht dagewesen. Und es war eine kleine Party. Seine Mom hat ihm erlaubt, zwanzig Leute einzuladen. Ich wusste, dass du mich nicht hingehen lassen würdest, also hab ich nicht gefragt. Aber nachdem du weg warst, haben wir uns überlegt, dass Angie mich bei Brittany übernachten lassen würde. Und wenn Brittanys Mom denken würde, dass sie bei uns sei, dann, na ja ..." Corrie zuckte mit den Schultern.

„Erzähl mir einfach, was passiert ist."

„Angie hat bei Brittany zu Hause angerufen, um zu fragen, ob alles in Ordnung ist ..."

„Eigentlich habe ich angerufen, um zu fragen, wann ich dich abholen soll", unterbrach Angie. „Das ist etwas ganz anderes."

„Ich hatte dir doch gesagt, dass du mich nicht abholen musst." Corrie jammerte genauso wie damals als Kind im Supermarkt, wenn Mom ihr die Süßigkeiten kurz vor der Kasse verweigert hatte.

„Ich weiß, aber du hast den Wagen nicht mitgenommen, und ich wollte nicht, dass Brittanys Mom denkt, sie müsse dich nach Hause fahren. Außerdem wusste ich nicht, ob die Familie am nächsten Tag etwas vorhat, und ich wollte ihnen nicht die Pläne durchkreuzen."

Bisher klang es genauso wie das, was Michelle getan hätte.

„Wir waren erst seit einer Stunde bei Billy", fuhr Corrie fort, „als Angie und Brittanys Mom aufgetaucht sind und uns nach Hause geschleppt haben. Es war *so* peinlich."

„Sie hat seit knapp einer Woche Hausarrest." Angie schob ihren Teller weg. „Jetzt kannst du übernehmen."

Michelle starrte ihre kleine Schwester an. Was hätte ihre Mutter getan und gesagt? Zumindest sah Corrie reumütig aus, doch das könnte auch aufgesetzt sein. Sie durfte nicht riskieren, dass ihre Schwester noch weitere Fehler machte. „Gib mir den Autoschlüssel."

Michelle rechnete mit Gegenargumenten oder tränenreichem Flehen. Doch stattdessen erstarrten

Corrie und Angie gleichzeitig und wurden blass. Der Blick der beiden trübte sich und richtete sich auf den gleichen Punkt in der Ferne.

Mit einem Mal wusste Michelle, was los war. Sie musste sich nicht umdrehen, sie wusste es einfach. „Kommen sie hierher?"

Angie schaute Michelle an. „Ich glaube nicht, dass sie uns gesehen haben."

„Nein." Corrie entspannte sich. „Sie sind in die andere Richtung gegangen. Um die Ecke."

Michelle wischte sich die verschwitzten Hände an ihrer Jeans ab. „Schon in Ordnung. Irgendwann muss ich ihnen ja über den Weg laufen." Es war natürlich unumgänglich, dass sie ihren Ex-Verlobten und seine neue Frau früher oder später im Ort sehen würde. Bluffview war keine Großstadt. Sie konnte sich nicht für immer verstecken. Dennoch hatte sie nicht damit gerechnet, ihnen hier zu begegnen. Heute Abend. Ihr Herz raste, und ihr drehte sich der Magen um, ehe ihr das Herz in die Hose rutschte. *Ich bin noch nicht bereit. Nicht hier. Nicht jetzt.*

„Ich bestelle die Rechnung." Angie winkte der Kellnerin hinter dem Tresen zu, und Michelle nickte.

Die nächsten Minuten vergingen in einem stillen Nebel. Was auch immer Angie und Corrie von sich gaben, Michelle hörte nichts davon. Sie wollte nur aus diesem Restaurant entkommen, ohne dass Steven und Beth sie entdeckten. Und sie wollte die beiden auch nicht sehen. Nichts hätte sie darauf vorbereiten können, wie es sich anfühlen würde, die beiden glücklich Verheirateten anzuschauen. Daher ging sie dicht hinter Angie her und richtete ihren Blick auf den Ausgang. Sie hatte beinahe Angst zu atmen, als würde sie dadurch mehr auffallen.

Nachdem sie durch die Tür gegangen war, stieß sie die Luft aus und widerstand dem Drang, über den

Parkplatz zu rennen. Angetrieben vom Fluchtinstinkt kam sie dennoch ein wenig schneller am Auto an als Angie und Corrie. Als sie angeschnallt war, befahl sie sich, nicht nach hinten zu schauen. Sie klammerte sich am Lenkrad fest, fuhr aus der Parklücke und lenkte den Wagen auf die Ausfahrt zu. Den Blick starr auf den Asphalt vor sich gerichtet, beschwor sie sich selbst, nicht zu schauen. Auf keinen Fall. Und dann tat sie es doch.

Am Tisch gleich am Fenster sah sie die beiden. Sie hielten Händchen.

Michelles Griff um das Lenkrad wurde so fest, dass ihre Fingerknöchel weiß hervortraten. Vor wenigen Wochen war sie diejenige gewesen, die versucht hatte, mit einer Hand zu essen, während Sean ihre andere hielt. Sie waren ein Paar gewesen, das sich auf ein glückliches Leben freute, sich ausmalte, zusammen alt zu werden. Sie versuchte, wegzuschauen und den Schmerz zu ignorieren. Sie wollte schnell nach Hause und sich in ihrem sicheren Schlafzimmer verkriechen, um den Betrug zu vergessen. Stattdessen fuhr sie langsamer und ließ ihren Blick auf Beth ruhen.

Ihre beste Freundin seit dem Kindergarten straffte die Schultern, zog ihre Hand zurück und drehte sich, um aus dem Fenster zu schauen.

„Michelle?“

Trotz der besorgten Stimme ihrer Schwester konnte Michelle sich nicht abwenden, konnte nicht aufhören hinzusehen und sich Fragen zu stellen. Wie? Warum? Entschlossen trat sie auf die Bremse und starrte ihre ehemalige Freundin so lange an, bis Beth ihrem Blick begegnete.

„Sollten wir nicht fahren?“, fragte Angie, ihre Stimme ebenso besorgt wie Corries.

„Ja. Ja, das sollten wir.“ Michelle wandte den Blick ab, trat auf das Gaspedal und fuhr auf die Straße zu. Alles lief verkehrt.

KAPITEL 6

Der Montag hätte nicht schnell genug kommen können. Irgendwann war jeglicher Staub beseitigt, und zwei Menschen produzierten nicht allzu viel Schmutzwäsche. Hätte Michelle das Bad noch ein weiteres Mal geschrubbt, hätte sie den Lack von den Kacheln gerieben und die Keramikfliesen in Sand zerlegt.

Im Büro stapelten sich Akten in gefährlich hohen Türmen auf ihrem sonst so ordentlichen Schreibtisch. Zumindest würde sie jetzt etwas haben, womit sie sich beschäftigen und ablenken konnte. Es würde Wochen dauern, um alles aufzuholen. *Dem Himmel sei Dank.*

Wenn sie sich in die Arbeit stürzte, würde sie vielleicht nicht merken, dass alle Vorbeikommenden sie anschauten, als hätte sie ihre beste Freundin verloren. Und ihren besten Freund.

„Willst du reden?" Pam lehnte sich gegen den beladenen Schreibtisch.

„Es ist nicht so schlimm, wie es aussieht. In zehn Jahren sehe ich bestimmt schon wieder die Tischplatte."

„Das meinte ich nicht, und das weißt du."

Ja, sie wusste es, aber sie hatte den ganzen Morgen mit dem Versuch verbracht, zu vergessen, dass ihr Verlobter und ihre beste Freundin nun Mann und Frau waren.

„Okay, ich spiele mit." Pam ließ eine Mappe auf

Michelles Schreibtisch fallen. „Wir haben die Zahlen zum letzten Quartal.“

Michelle rückte den Stifthalter, den Pam zwei Zentimeter verschoben hatte, wieder an seinen richtigen Platz, öffnete die Mappe und blätterte die Seiten durch. „Oh. Das ist schlimmer, als ich dachte.“

Pam nickte. Jede Seite war alarmierender als die vorherige. Die durch Kleinanzeigen gemachten Umsätze fielen wie Steine von einer Klippe.

„Das ist noch nicht alles.“

Michelle schloss die Mappe, tippte damit auf den Schreibtisch und legte sie auf den kleinen Stapel Akten, an dem sie arbeiten würde. „Will ich das wirklich wissen?“

„Kommt drauf an, wie wichtig dir dein Job ist.“

„Genauso wichtig wie essen.“

„Wir haben eine Nachricht erhalten, während du weg warst. Mr Harrison ist gegangen. Sie schicken einen neuen jungen Kerl, der alles regeln und unsere Kosten reduzieren soll.“

„Meine Güte. Ed Harrison arbeitet hier schon seit …“

„Seit Ewigkeiten“, schloss Pam für sie.

Michelles Mund zuckte nervös. „Wie viele Stellen sollen gestrichen werden?“

„Sally aus der Personalabteilung hat nichts verraten. Angeblich kommt Mr Hackebeil nur, um die Zahlen auszuwerten, aber wir wissen alle, was das wirklich heißt.“

„Verdammt. Ich hatte gehofft, die neuen Werbemaßnahmen, um die Leute dazu zu bewegen, unsere Zeitung zu beziehen, würden die Umsätze verbessern. Wann soll der neue Typ kommen?“

„Irgendwann heute.“

Michelle unterdrückte ihre Überraschung, legte den Stift auf dem Schreibtisch ab und lehnte sich auf ihrem

Stuhl zurück. Hoffentlich wirkte sie in dieser Pose gelassen, aber sie war sich ziemlich sicher, dass ihre Körpersprache *sitzen gelassene Braut* schrie. „Wissen wir irgendwas über ihn? Seinen Namen zum Beispiel?"

Pam nickte und überschlug die Knöchel. „Lloyd McEntire."

„Lloyd? Was ist das denn für ein Name? Niemand nennt sein Kind heutzutage noch Lloyd. Der Mann muss älter sein als die Erbstücke meiner Tante Millie."

„Ich weiß nur, dass er angeblich Wunder wirken kann. Der Lee Iacocca des neuen Jahrtausends. Sally sagt, er war derjenige, der Stereo City aus den Miesen geholt hat."

„Warum will ein Typ, der es nicht nur schafft, ein lokales Einzelhandels-Outlet vor dem Bankrott zu retten, sondern auch, es in den erfolgreichsten Elektronikladen des Landes zu verwandeln, an einer Zeitung rumbasteln?"

Pam zuckte mit den Schultern. „Keine Ahnung. Aber letzte Woche kam Harmon Brody aus der Zentrale zu uns runter und wollte sicherstellen, dass alles läuft, bevor Mr Hack... ich meine McEntire kommt. Du erinnerst dich an Harmon, oder?"

„War das nicht der schlanke Typ, der immer Fliegen trägt?"

„Genau. Er hat eine erfolgreiche Karriere hingelegt. Wir haben uns auf ein paar Drinks getroffen. Natürlich erst an seinem letzten Tag in Bluffview. Du weißt ja, wie das hätte aussehen können."

Michelle hätte beinahe gelacht. Seit wann machte sich die rothaarige Schönheit mit dem knallvioletten Kleid Gedanken darüber, was die Leute von ihr dachten?

„Na ja, als ich ihn um den Finger gewickelt hatte", Pam schaut sich um und beugte sich vor, „hat er mir erzählt, dass McEntire unsere letzte Hoffnung ist. Wir sind schon so lange in den Miesen, dass einige aus der Chefetage es kaum erwarten können, uns abzusägen."

Michelle empfand plötzlich einen leichten pochenden Schmerz zwischen den Augenbrauen. „Dann hoffe ich, dass dieser McEntire gut ist. Ich kann es mir nicht leisten, meinen Job zu verlieren."

„Das kann niemand von uns. Aber keine Sorge. Ich hab ein bisschen recherchiert, und der Typ ist wirklich der Beste. Wirklich."

„Verzeihung." Eine Männerstimme ertönte hinter Michelle. Eine tiefe, sexy und vertraute … Lieber Himmel, das konnte nicht sein. „Mir wurde gesagt, ich würde Mr Harrisons Assistentin hier finden."

Pam richtete sich zu ihrer vollen Größe auf, streckte die Brust raus und grinste genüsslich von einem Ohr bis zum anderen, als mache sie sich bereit zum Angriff. „Ich bin Pamela Stuart. Wie kann ich Ihnen helfen?"

Michelle hielt den Atem an. Er konnte es nicht sein. Kirk lebte wahrscheinlich in Kalifornien und plante seinen nächsten Auftragsmord für die Mafia. Oder er sprang gerade irgendwo aus einem Flugzeug.

„Ich bin Lloyd McEntire. Ich werde Mr Harrison für eine Weile ersetzen."

Sie atmete erleichtert aus. Aber wie konnten zwei Männer die gleiche samtene Stimme haben, die einem alle Knochen weich werden ließ? Und wie zur Hölle sollte sie mit jemandem arbeiten, wenn sie jedes seiner Wort an die besten zehn Tage ihres Lebens erinnerte? Sie hatte keine Antwort darauf. Aber ihrem neuen Chef den Rücken zuzukehren, war definitiv nicht die beste Idee, wenn sie ihren Job behalten wollte.

Sie rollte auf ihrem Stuhl zur Seite, erhob sich und drehte sich um. „Lieber Himmel."

Michelle sah aus, als würde sie jeden Moment umfallen. Jegliche Farbe war ihr aus dem Gesicht gewichen, und wenn Pam sich nicht täuschte, hatte ihre Freundin soeben „Lieber Himmel" gemurmelt. Sie überlegte, ob ihr Ex-Verlobter es gewagt haben könnte, im Büro aufzutauchen, und schaute suchend an Mr McEntire vorbei. Außer der neuen Rezeptionistin, die gerade den Flur mit einer Tasse Kaffee entlangkam, war niemand zu sehen.

Neben Pam starrte Michelle mit großen Augen und offenem Mund ihren neuen Chef an. Der Kerl sah zwar teuflisch gut aus und war sündhaft verlockend, aber das war noch lange kein Grund dafür, schwankend dazustehen, als hätte man in der Mittagspause heimlich ein paar Cocktails getrunken.

Nach der tiefen Falte zwischen Mr McEntires Augenbrauen zu urteilen, war der Mann genauso verwirrt von Michelles merkwürdigem Verhalten wie Pam.

„Das ist Michelle Bradford", sagte Pam. „Sie ist für die Lokalanzeigen zuständig."

Seine Augenbrauen hoben sich, und Pam glaubte, den Anflug eines schiefen Lächelns zu sehen. „Micki ..."

„Ich freue mich, Sie kennenzulernen", unterbrach Michelle ihn eilig und reichte ihm so schnell die Hand, dass sie fast seinen Bauch rammte.

Seine dunklen Brauen zogen sich erneut kurz zusammen, ehe er eine neutrale Miene aufsetzte. „Ich freue mich auch, Sie kennenzulernen."

„Wenn Sie mich entschuldigen würden." Michelle trat zur Seite und stolperte über ihren Stuhl. „Ich muss mich um ein paar Dinge kümmern." Sie machte einen Schritt zurück und atmete tief durch. „Also, Pam wird Ihnen alles zeigen. Ihr Büro, meine ich. Stimmt's, Pam?"

Pam nickte ihrer Freundin zu, der es gelungen war, rückwärts den halben Flur entlangzustolpern. Nun schenkte sie ihrem gut aussehenden neuen Vorgesetzten ein steifes Lächeln. „Hier entlang, Sir."

Ohne einen Blick zurückzuwerfen, folgte Lloyd McEntire der frechen Rothaarigen. Sobald die große Holztür des Büros – das bis vor Kurzem noch Mr Harrison gehört hatte – geschlossen war, drehte sich Michelle um, rannte zur Damentoilette und blieb nicht stehen, ehe sie die Kabine erreicht hatte, wo sie sich mit dem Rücken gegen die Tür lehnte. „Lieber Himmel."

Sie fasste sich an den Bauch, als hätte man ihr einen Hieb versetzt, atmete ganz tief ein und stieß die Luft sehr langsam wieder aus. Das Letzte, was sie jetzt tun wollte, war hyperventilieren. Sich auf der Toilette einzuschließen wie ein melodramatischer Teenager, war schlimm genug. Wenn sie jemand ohnmächtig auf dem Boden finden würde, wäre das mehr als peinlich.

Sie atmete erneut tief ein und wieder aus. Und dann noch einmal. Der lähmende Schock klang langsam ab, aber ihre Knie waren immer noch weich. Sie bewegte sich in der kleinen Kabine, klappte den Toilettendeckel zu und setzte sich. „Ausgerechnet er."

Lloyd McEntire. Er hatte sie angelogen und ihr einen falschen Namen genannt. Beinahe hätte sie gelacht. Wie armselig sie auf ihn gewirkt haben musste. Auf der Reise hatte sie schnell begriffen, dass Kirk außer ein paar Einzelheiten aus seiner College-Zeit nichts über sein Leben preisgeben würde. Für ihn schien nur das Hier und Jetzt existiert zu haben. Sie wollte nicht bemitleidet werden. Die sitzen gelassene

Braut. Ja, damals hatte alles Sinn ergeben. Ein Kreuzfahrt-Flirt. Keine Verbindung zum Leben an Land, nur Sonne und Spaß. Aber ihr seinen richtigen Namen nicht zu verraten?

Sie stützte die Ellbogen auf ihre Knie und ließ den Kopf in die Hände sinken. Zumindest hatte sie ihn davon abhalten können, sie zu verraten. Als er den Spitznamen verwendet hatte, den er ihr auf dem Schiff gegeben hatte, wäre ihr Herz beinahe stehen geblieben.

Kirk hätte ihre eigene geheime Erinnerung bleiben sollen. Gut versteckt in ihrem Hinterkopf, damit sie sie alle zehn Jahre wieder hervorkramen konnte. Er hätte nicht in ihrer Heimatstadt auftauchen sollen. Auf ihrer Arbeit. Als ihr Chef – selbst wenn es nur temporär war. „Verdammt."

Niemand durfte es herausfinden. Wie sollte sie die Sache mit ihm, mit ihnen beiden, ihrer jungen, leicht zu beeindruckenden Schwester erklären?

Sie atmete noch einmal tief durch und straffte die Schultern. Sie würde es nicht erklären müssen. Niemand würde es erfahren. Er hatte sie nicht verraten. Das musste bedeuten, dass er bereit war, ihre … Geschichte zu vergessen. Natürlich. Das nervöse Flattern in ihrem Magen wurde schwächer. Nur weil er hier war, bedeutete das nicht, dass er dort weitermachen wollte, wo sie aufgehört hatten. Es gab keinen Grund, warum sie sich nicht im selben Büro aufhalten und eine vernünftige Arbeitsbeziehung zueinander aufbauen konnten. Schließlich hatte sie auch mit Mr Harrison kaum etwas zu tun gehabt. Wenn sie sich unauffällig verhielt und ihre Nase im Papierkram vergrub, würde sie auch *ihn* nicht oft sehen müssen.

Als sie sich erhob, fühlten sich ihre Beine standfester an, ihr Magen hatte sich beruhigt und das Atmen fiel ihr leichter. Sie würde es schaffen. Alles würde gut werden. Sie würde einfach ihren Job machen. Für sich bleiben. Ja. Alles würde gut werden.

„Michelle, bist du da drin?“ Pams Stimme drang in die Kabine.

Sie entriegelte die Tür und öffnete sie. „Ja.“

„Alles klar, Süße?“

Mit noch immer zittrigen Fingern strich sie die nicht existenten Falten an ihrem Rock glatt. Sie nickte.

„Und was um alles in der Welt ist dann in dich gefahren? Ich hab dich noch sie so aufgewühlt gesehen.“

„Nichts.“ Sie schenkte ihr ein kurzes Lächeln. „Alles ist in Ordnung.“

Pam stemmte ihre Hände in die Hüften, legte den Kopf schief und betrachtete Michelle mit der schneidenden Präzision ihres Röntgenblicks. „Irgendwas verschweigst du mir.“

„Ich versichere dir, mir geht es gut. Mir war nur ein wenig mulmig, und ich musste schnell zur Toilette.“ Das stimmte tatsächlich. „Wahrscheinlich hab ich irgendwas Falsches gegessen. Ich muss ein paar alte Sachen aus dem Kühlschrank wegwerfen, wenn ich nach Hause komme.“ Eine kleine Notlüge schadete niemandem. Außerdem konnte Pam ja nicht wissen, dass sie bereits den Kühlschrank und alles andere in der Küche geschrubbt hatte.

„Okay. Vergraule nicht den Neuen. Unsere Jobs hängen von seinen Entscheidungen ab.“

Michelle spritzte sich ein wenig Wasser ins Gesicht und nahm sich Papier, um ihre Hände zu trocknen. „Ich hab nicht vor, ihm allzu nahe zu kommen.“

„Na, du weißt ja, wie das läuft, wenn man sich Dinge vornimmt. Der Kerl will dich in seinem Büro sehen. Und zwar jetzt.“

Sie ist es. Micki ist hier. Kirk fuhr den Computer hoch. Das Passwort des früheren Verlegers war noch gespeichert. Er würde sich mit der Personalabteilung darüber unterhalten müssen. Das musste er auf seine Liste setzen: alte Mitarbeiter aus dem System löschen.

Als er sie am Schreibtisch hatte sitzen und nur ihr Profil hatte sehen können, war das alte Gefühl der Begierde in ihm aufgeflammt. Aber als sie sich zu ihm umgedreht hatte, hatte er Zweifel bekommen. Hatte geglaubt, seine Augen würden ihm einen Streich spielen. Sie hatte … anders ausgesehen.

Der alte Computer summte. Die Sanduhr drehte sich pausenlos auf dem Bildschirm.

Ihre Kleidung war strenger, ihre Frisur platt und einfach, aber ihr Duft war der gleiche. Er konnte den Hauch von Vanilleshampoo vermischt mit einem süßen blumigen Parfüm wahrnehmen, was ihn an den Frühling und die Lilien seiner Großmutter erinnerte. Doch die Lilien hatten ihn niemals mit dieser Sehnsucht erfüllt.

Die Seite auf dem Bildschirm flackerte. Ein überholtes Design fiel ihm ins Auge. Nach ein paar Klicks wurde ihm klar, dass Harrison die automatischen Updates deaktiviert hatte. Der Mann hatte mit der besten Software gearbeitet – die vor fünf Jahren erhältlich gewesen war. Und auch von der generellen Instandhaltung seines Computers schien der Mann nichts zu halten. Seine wachsende Verärgerung nahm Überhand und verdrängte alle Gedanken an vergangene Flirts. Kirk überhörte sogar beinahe das leise Klopfen an der Tür.

„Herein."

Michelle betrat den Raum und lehnte sich an die geschlossene Tür. „Pam hat gesagt, du willst mich sehen."

Was nun? Es war nicht nur das erste Mal, dass er

einer Frau von einem Schiff erneut begegnete, sondern auch das erste Mal, dass er wahrscheinlich jemanden feuern musste, mit dem er eine Liaison gehabt hatte. Es war ein Impuls gewesen, sie in sein Büro zu zitieren. Das merkwürdige Bedürfnis, sich zu vergewissern, dass sie es wirklich war. Vielleicht hatte er sogar gehofft, dass sie es nicht war. Wäre sie eine andere Michelle Bradford, würde es ihm sein Leben erleichtern. Nicht seine sinnliche Micki.

„Du bist also für die Lokalanzeigen verantwortlich?"

Sie nickte, aber bewegte sich nicht von der Tür weg.

Er deutete auf den Stuhl vor seinem Schreibtisch. „Pam hat auch erwähnt, dass du schon seit sieben Jahren für das Unternehmen arbeitest. Am Anfang warst du im Verkauf."

„Das ist richtig." Sie ließ sich langsam und mit steifen Bewegungen nieder, als hätte sie Angst, dass der Stuhl zum Leben erwachen und sie beißen würde. Oder vielleicht hatte sie auch Angst, dass *er* das tun würde.

„Du siehst gut aus." Er hatte sich vorgenommen, die Unterhaltung rein sachlich zu halten. Die gesamte Situation musste formell bleiben. Und obwohl die steife Kleidung, die unauffällige Frisur und die fehlende Schminke ihm dies hätte erleichtern sollen, weckten ihre von Angst erfüllten karamellbraunen Augen in ihm das Bedürfnis, sie zu fragen, was mit seiner Micki geschehen war.

Sie wand nervös ihre Finger im Schoß. „Danke. Auch für vorhin.

„Vorhin?"

„An meinem Schreibtisch. Dass du dir nicht hast anmerken lassen, dass wir … uns kennen."

Die Frau ihm gegenüber sitzen zu sehen, erklärte

einiges. Die sporadische Schüchternheit am ersten Abend der Kreuzfahrt, das Parasailing in der Tunika, der ängstliche Blick, kurz bevor sie sich voller Begeisterung ins nächste Abenteuer gestürzt hatte. Am Ende der Reise waren die kurzen Hinweise auf die reservierte Frau, die nun in seinem Büro saß, verschwunden gewesen. Er hätte es erkennen müssen. Irgendwie hätte er es wissen müssen.

„Ja. Nun ..." Wo war seine Schlagfertigkeit, wenn er sie brauchte? „Natürlich hast du recht. Es gibt nichts Schlimmeres als tratschende Kollegen. Ich muss innerhalb von kurzer Zeit eine Menge schaffen, und es wäre besser für alle, wenn die Leute sich nicht über unser Privatleben das Maul zerreißen würden."

Ihre Finger wurden regungslos, und sie nickte. „Ich bin froh, dass du auch der Ansicht bist, dass eine rein professionelle Beziehung das Beste ist."

War es das, was er soeben gesagt hatte? Eine Büro-Affäre würde ihm nichts als Ärger einbringen, das konnte er nicht bestreiten. Warum also fühlte er sich, als hätte ihn gerade ein Schwergewicht K. o. geschlagen?

KAPITEL 7

„**D**as wird dir nicht gefallen." Pam stand neben Michelles Schreibtisch, den Rücken zum Rest des Raumes gewandt.

„Die Erde hat ihre Achse verlassen und wird mit dem Mars kollidieren?" Das wäre ein Glück.

„Steven ist gerade aus dem Aufzug gestiegen."

Michelle ließ ihren Stift fallen und klammerte sich mit beiden Händen an der Schreibtischkante fest. „Ist Beth dabei?"

Pam schüttelte den Kopf. „Aber ich glaube nicht, dass er hier ist, um eine Anzeige aufzugeben. Wollte dich nur vorwarnen."

Eine Sekunde lang zog Michelle es in Erwägung, wieder zur Toilette zu rennen. Dies schien der einzige Ort zu sein, an dem sie sich vor den Männern in ihrem Leben verstecken konnte. Wenn sie jetzt aufstand, würde sie sicher in der Kabine ankommen, bevor Steven ihren Schreibtisch erreichte. Doch so sehr ihr der Gedanke auch missfiel, sie würde Steven und Beth nicht ewig aus dem Weg gehen können. Sie könnte es also genauso gut hinter sich bringen. Allerdings musste sie sich ihm nicht allein stellen. Sie reichte Pam eine Akte von ihrem Schreibtisch, damit sie beschäftigt aussah. „Geh nicht weg."

„Keine Sorge." Pam öffnete den Ordner, beugte sich über den Schreibtisch und deutete auf die Mitte der Seite.

Ihr Finger ruhte immer noch auf dem gleichen Punkt, als Steven neben sie trat. „Hallo Pam. Michelle."

„Steven." Pam nickte, rührte sich aber nicht.

Steven verlagerte sein Gewicht, und ihm schien es genauso schwerzufallen, Michelle anzusehen wie umgekehrt. „Ich hab versucht, dich zu Hause anzurufen."

„Wir hatten viel zu tun." *Betrüger.*

„Ich freue mich, dass du die Reise allein gemacht hast. Du siehst toll aus. Gebräunt. Das bringt die Farbe deiner Wangen gut zur Geltung." Sein Mundwinkel hob sich zu einem unbeholfenen Lächeln.

Der Drang, ihm das alberne Grinsen aus dem Gesicht zu wischen, durchfuhr sie so schnell und unerwartet, dass sie ihm beinahe tatsächlich einen Kinnhaken verpasst hätte. Aber sie würde ihm und allen Zuschauern auf keinen Fall die Genugtuung geben, schwach zu werden. Sie musste stark bleiben und Größe bewahren, selbst wenn es sie umbrachte.

„Herzlichen Glückwunsch." Sie lächelte und hoffte, dass ihre Gesichtsmuskeln der Anstrengung standhalten würden. „Ich hoffe, du und Beth seid glücklich zusammen. Aber ich habe gerade wirklich viel zu tun." Sie deutete auf ihren Schreibtisch. „Ich habe einiges aufzuholen. Vielleicht können wir drei uns ein andermal unterhalten?" *Zum Beispiel wenn die Hölle gefriert.*

Er ließ seinen Blick über den Schreibtisch wandern und versuchte offenbar einzuschätzen, ob sie die Wahrheit sagte. Dann wandte er sich an Pam. „Kannst du uns einen Moment allein lassen?"

Da sie Angst hatte, dass Pam ihm die Meinung sagen würde, was er eigentlich auch verdient hatte, antwortete Michelle an ihrer Stelle. „Es passt gerade wirklich nicht gut. Wir haben einen neuen Chef, und alle sind etwas angespannt.“

„Ich brauche nur ein paar ...“

Ein Räuspern erklang. Als hätte die Erwähnung seines Namens gereicht, um ihn herbeizuzaubern, erschien Lloyd McEntire mit einem dicken Stapel Papiere hinter Pam. Er betrachtete Steven.

Aus ihr unerklärlichen Gründen schien die Luft auf einmal von Testosteron erfüllt zu sein. Der Art nach zu urteilen, wie Pam sich aufrichtete und zwischen den beiden Männern hin und her schaute, hatte sie es auch bemerkt. Die beiden musterten einander von Kopf bis Fuß mit herausfordernden Blicken, als würden sie Anspruch auf etwas erheben wollen. Doch keiner von beiden hatte Anspruch auf irgendetwas. Besonders nicht auf sie. Warum also dieses Gehabe?

„Mr McEntire, das ist Steven Williams, mein Verl... ein Freund von mir.“ Fast hätte sie es ausgesprochen. Nach fünf Jahren kam ihr das Wort *Verlobter* wie von selbst über die Lippen. „Er ist vorbeigekommen, um Hallo zu sagen, und wollte gerade wieder gehen.“

Die schnelle Abweisung lenkte Stevens Aufmerksamkeit von ihrem Chef zurück zu Michelle. Sein funkelnder, besitzergreifender Blick ruhte auf ihr. Doch dann sah sie es. Der Moment, in dem es ihm bewusst wurde. Sein harter Blick wurde sanfter, und seine Haltung entspannte sich. Ihm war eingefallen, dass er sie nicht mehr beschützen musste. Offenbar hatte auch er Mühe, seine alten Gewohnheiten abzulegen.

Ihr Chef war der Erste, der seine Hand ausstreckte. „Schön, Sie kennenzulernen.“

Mit einem resignierten Seufzen schüttelte Steven ihm die Hand. „Ebenso. Aber ich muss nun zurück in die Bank.“

„Sie arbeiten am Schalter?“, fragte McEntire.

Pam unterdrückte ein Lachen.

„Ich bin Vizepräsident.“
Und wieder strafften beide Männer ihre Schultern.

„Ich dachte, Angie kommt zum Abendessen.“ Corrie ließ sich auf einen Küchenstuhl fallen.

„Ein andermal. Sie hat ihrer Mutter versprochen, ihr bei der Gestaltung des neuen Schlafzimmers zu helfen.“

„Bist du deshalb so aufgebracht?“

„Ich bin nicht aufgebracht. Ich war einkaufen.“

„Klar. Und warum knallst du dann die Dosen so laut auf die Arbeitsplatte, dass man es noch zwei Straßen weiter hören kann?“

„Das tue ich gar nicht.“ Michelle setzte die Packung mit dem Hackfleisch so laut ab, dass sie kurz innehielt und tief durchatmete. „Es war ein langer Tag.“

„Zumindest hattest du keinen Chemietest.“

Im Moment klang es himmlisch, siebzehn zu sein und sich Sorgen über einen Chemietest zu machen. „Ich dachte, du magst Chemie.“

Corrie schaute ihre Schwester ungläubig an und stieß dann genervt die Luft aus. „Niemand mag Chemie. Es ist so langweilig.“

„Seit wann sind Naturwissenschaften denn langweilig?“ Michelle faltete die Papiertüte und legte sie in den Altpapierkorb. „Mit dieser Einstellung wirst du nie Medizin studieren.“

Corrie griff nach einer Tüte Chips auf der Arbeitsplatte und öffnete sie. „Ich will nicht Medizin studieren.“

„Was soll das heißen?“ Michelle drehte sich zu ihrer Schwester um. „Und iss jetzt keine Chips, es gibt gleich Abendessen.“

„Chill mal. Ich bin fast achtzehn. Nur kleine Kinder dürfen vor dem Abendessen nicht naschen.“

„Mit dem Alter hat das nichts zu tun.“ Sie entriss ihrer Schwester die Tüte. „Du willst Ärztin werden, seit Grandma Betty dir zum sechsten Geburtstag das Operationsspiel geschenkt hat. Warum hast du deine Meinung geändert?“

„Ich bin einfach erwachsen geworden. Hab den Kinderkram hinter mir gelassen.“

Seit wann war Medizin Kinderkram? Okay, kein Grund zur Panik. Sie durfte sich nicht anmerken lassen, dass sie aufgebracht war, dann würde Corrie auch keinen Grund sehen zu rebellieren. Sie musste sich ein Lächeln abringen. Michelle hatte den ganzen Tag schon so getan, als wäre sie gut gelaunt. Ein oder zwei weitere Stunden würde sie auch noch durchstehen. Sie stellte die Pfanne auf den Herd und drehte die Temperatur hoch. „Was willst du denn jetzt werden?“

„Spionin.“

Michelle betrachtete das Hackfleisch, das langsam zu brutzeln begann. Hatte sie sich verhört? „Spionin?“

Corrie griff wieder nach den Chips. „Jepp.“

Wenn man all die Kämpfe bedachte, die sie heute ausgetragen hatte, standen die Chips ganz unten auf ihrer Prioritätenliste. Was zur Hölle sollte sie erwidern? Sie musste positiv denken. „Nun, das klingt … interessant.“

„Es ist total cool. Denk mal drüber nach, wie vielen interessanten Leuten ich begegnen würde. Und die Orte, an die ich reisen kann. Und das alles zum Wohl des Landes.“

„Richtig. Muss man aufs College gehen, um Spionin zu werden?“

„Als würde die CIA jede Dahergelaufene von der Straße nehmen.“ Corrie biss in einen knusprigen Chip.

„Die CIA? Ich dachte, du willst Spionin werden."

„Ja. Was glaubst du denn, macht die CIA?"

Es funktionierte nicht. Nichts war so, wie es sein sollte. Wenn sie so tat, als wäre alles in Ordnung, würde ihr Kummer vielleicht verschwinden. Oder vielleicht sollte sie einfach eine winzige Flasche Baileys kaufen. „Wie viele Sloppy-Joe-Burger willst du?"

„Zwei. Ich bin total ausgehungert." Corrie schenkte ihr ein Grinsen, dann klingelte das Telefon und sie rannte hin. „Hallo?"

Michelle stellte die Teller ab und trat neben ihre Schwester, um auf das Display zu schauen. Steven Williams. Ihre Kehle schnürte sich zu, und ihre Handflächen wurden feucht. Sie schüttelte den Kopf wie eine bockige Zweijährige und fuchtelte wild mit den Händen vor ihrer Schwester herum. Sie wollte auf keinen Fall mit ihm sprechen.

„Hm, sie ist, äh … unter der Dusche. Sie hatte einen langen Tag. Kann ich ihr was ausrichten?"

Michelle biss sich auf die Unterlippe. Den geringen Appetit, mit dem sie zu Hause eingetroffen war, hatte sie nun gänzlich verloren.

„Alles klar. Das sag ich ihr. Tschüs."

„Was wollte er?"

„*Sie* will mit dir reden. Und zwar persönlich."

„Beth?"

Corrie nickte.

Das Merkwürdige war, dass sie sich fast Sorgen um Beth machte, nachdem sie sie im Diner gesehen hatte, und dass sie ihre beste Freundin schrecklich vermisste. Im Moment war die einzige Person, mit der sie über Kirk – oder Lloyd, den Lügner –, die Kreuzfahrt, ihre Schwester und darüber, dass sie am Altar sitzen gelassen wurde, reden könnte, die Person, für die sie sitzen gelassen worden war. „Macht es dir was aus, allein zu essen? Ich glaube, ich lasse das Abendessen heute ausfallen und gehe duschen."

Corrie schüttelte den Kopf.

Eine lange Dusche, eine heiße Tasse Tee und ein kitschiges Buch würden ihr heute Abend helfen. Aber was zur Hölle würde sie morgen tun? Und übermorgen?

KAPITEL 8

„Wo ist Pam?"

Lloyd McEntire stand so dicht neben ihr, dass der Duft seines Parfüms Michelles Sinne anregte. Die ganze Woche war es ihr gelungen, sich von dem Mann fernzuhalten. Nun war er anderthalb Meter von ihr entfernt, und jedes ihrer Nervenenden kribbelte. *Verdammte Erinnerung.*

„Zahnarzttermin. Normalerweise hinterlässt sie für Mr Harrison Notizen im Kalender auf seinem Schreibtisch."

Er schaute von den Papieren in seiner Hand auf. Eine Sekunde lang hatte sie den Eindruck, er hätte erst jetzt erkannt, vor wessen Schreibtisch er stand. „Ich brauche Umsatzberichte der letzten achtzehn Monate, sortiert nach Region. Bisher habe ich nur sechs und kann die Informationen nicht auf dem Computer einsehen. Wer kann mir sonst die Zahlen besorgen?"

„Mr Harrison war kein Fan von Computern. Ich kann für Sie auf die Informationen zugreifen. Geben Sie mir ein paar Minuten, um alles auszudrucken, dann bringe ich die Unterlagen in Ihr Büro."

„Mm." Er nickte und drehte sich auf dem Absatz um.

Sie wechselte den Bildschirm, öffnete die Umsatzdateien, tippte den Zeitraum ein, klickte auf Drucken und starrte in den leeren Flur. Der Mann hatte seit seiner Ankunft kein einziges Mal gelächelt. Nicht, dass sie das von ihm erwartete, und ganz gewiss wollte sie nicht, dass er sie anlächelte, aber er war der gleiche Mann, mit dem sie zehn Tage verbracht hatte.

Nein, du hast zehn Tage mit Kirk verbracht, nicht mit Lloyd.

Kirk … Lloyd hatte sich hinter einem Stapel aus Berichten versteckt und kam nur selten zum Vorschein. Wenn er seine Nase nicht in Finanzdokumente steckte oder auf seine Tastatur einhämmerte, ging er mit dem Telefon am Ohr in seinem Büro auf und ab. Ganz gleich, welcher Aufgabe er sich widmete, seine Miene blieb meist unverändert. Ab und zu, wenn er auf dem Weg in eine andere Abteilung war, kam er an ihrem Schreibtisch vorbei, und sie bemerkte, dass sich sein finsterer Gesichtsausdruck veränderte und er nur noch ein wenig verdrießlich wirkte, aber das breite Grinsen und das laute Lachen, woran sie sich so gut erinnerte, waren nie zu sehen.

Jedes Mal, wenn sich Michelle umdrehte, sah sie, dass Pam umherrannte und hohe Aktenstapel trug. Bevor Kir… *Lloyd* Mr Harrison ersetzt hatte, hatte Pam um Punkt fünf Uhr Feierabend gemacht. Doch seither hatte sie es kein einziges Mal so früh aus dem Büro geschafft. Und laut Madge vom *Corner Café* hatte Pam all ihre Dinner-Dates für den Rest der Woche abgesagt.

Als Ki… Lloyd ihr auf dem Schiff gesagt hatte, dass er hart arbeitete und sich danach besonders ausgiebig amüsiere, hatte sie sich ihn gewiss nicht so vorgestellt. Als Mann mit versteinerter Miene, der offenbar nur an Geschäfte dachte. Gerüchten zufolge blieb er jeden Tag fast bis um Mitternacht im Büro und hatte nur einmal Abendessen bestellt. Wenn man Schinken auf Roggenbrot überhaupt als solches bezeichnen konnte. Offenbar brauchte er keine Nahrung, um seinen sportlichen Körperbau beizubehalten. Und warum dachte sie überhaupt darüber nach?

Der Drucker spuckte die letzte Seite aus. Sie tackerte die Seiten zusammen und atmete tief durch, um sich zu wappnen. So vertieft, wie er in die Arbeit war, würde er es wahrscheinlich nicht einmal bemerken, wenn sie sein Büro betrat. Sie würde anklopfen, die gewünschten Berichte auf seinem Schreibtisch ablegen und leise wieder gehen. Vielleicht könnte sie ihm die Unterlagen sogar von der Tür aus zuwerfen, dann musste sie nicht seinen betörenden Duft ertragen, wenn sie ihm näher kam.

Während sie sich immer noch einredete, dass es nicht anders war, Kir… Lloyds Büro zu betreten als Mr Harrisons, klopfte sie, trat ein und stand dem heißesten Mann gegenüber, den sie je gesehen hatte.

Strähnen seines schwarzen Haares standen zu allen Seiten ab. Er musste einer dieser Menschen sein, die sich ständig die Haare rauften, wenn sie nachdachten, aber das hatte sie auf dem Schiff natürlich nicht miterlebt. In der entspannten Atmosphäre war sie die Einzige gewesen, die ihre Finger durch sein dichtes Haar hatte gleiten lassen.

Etwas in ihr begann sich zu regen, und sie hob die Hand, führte sie in seine Richtung und zog sie schnell wieder weg. Sie waren nicht mehr auf dem Schiff.

Lloyd McEntire ließ seinen Stift auf den Schreibtisch fallen und griff nach den Unterlagen, die Michelle in der Hand hielt. „Dieser Computer ist nutzlos. Die Techniker werden am Montag fertig sein. Dann kann Pam ein wenig durchatmen." Eine abgeschwächte Version seines breiten Lächelns trat für eine Sekunde auf sein Gesicht.

Sie hielt den Atem an.

„Was?" Seine Mundwinkel hoben sich noch einmal, und ihm entfuhr ein leises Lachen. Hätte sie geblinzelt, hätte sie es verpasst. „Meinst du, ich weiß nicht, dass ich deine Freundin ganz schön beanspruche?" Er schüttelte den Kopf und drückte sich vom Schreibtisch ab. „Ich verlange normalerweise nicht von Leuten, dass sie sich meinen Arbeitszeiten anpassen, aber ich hatte keine Wahl. Die Daten, die ich brauche, sind auf diesem uralten Rechner nicht aufzurufen. Ab morgen wird alles leichter. Für alle."

Er schaute auf ihr Handgelenk. Als er den Anhänger sah, wurde seine sonst so versteinerte Miene sanft. „Ich freue mich, dass du es trägst."

Ihr Herz begann zu rasen. Für eine Sekunde sah sie ein Funkeln in seinen Augen. Eine Erinnerung an den Mann, den sie kannte. War das nicht ein Witz? Sie hatte *Kirk* gekannt. Nun stand sie Lloyd gegenüber.

Da ihr die Sentimentalität unangenehm war, drehte sich Michelle um und wollte sein Büro verlassen. Sie musste hier raus. Weg von ihm. Was immer sie miteinander gehabt hatten, war eine Fantasie gewesen. Dies war die Realität. Das hatte sie begriffen. Doch eine Sache verstand sie nicht. *Warum hatte er sie angelogen?*

Beth saß am Küchentisch und schnitt Kartoffeln in kleine Würfel. Sie hatte schon genügend geschält, um die halbe Straße zu versorgen, aber sich auf eine Aufgabe zu konzentrieren, lenkte sie von der Tatsache ab, dass sie ihre beste Freundin hintergangen hatte. „Sie nimmt meine Anrufe nicht entgegen."

„Was hast du denn erwartet?" Steven zog am Knoten seiner Krawatte. „Tut mir leid."

Sie konzentrierte sich auf jede Bewegung und kämpfte gegen den Drang an zu weinen. „Wahrscheinlich hasst sie mich."

Steven sagte nichts. Was sollte er auch sagen? Es

gab keine Entschuldigung für das, was sie getan hatten. Beth wusste es, Steven wusste es, und Michelle wusste es.

Eine Träne lief an ihrer Wange hinab. „Meinst du, sie wird mir jemals verzeihen?"

„Uns. Du meinst uns." Er legte ihr die Hände auf die Schultern und massierte sie.

„Nein. Es ist meine Schuld. Ich habe es zugelassen. Ich hätte mich schon vor langer Zeit weigern müssen zu helfen. Jedes Mal, wenn ich Michelle bei irgendeiner Gala vertreten habe oder wenn sie wegen Corrie eine Party früher verlassen musste und mich gebeten hat, dir Gesellschaft zu leisten, hat mein Herz doppelt so schnell geschlagen. Ich wusste, dass ich dabei war, mich in dich zu verlieben, und ich habe keinen Riegel davorgeschoben. Ich wollte nicht aufhören. Ich habe mir eingeredet, dass es niemandem schaden würde, ein bisschen mehr Zeit mit dir zu verbringen. Wäre ich eine gute Freundin gewesen, hätte ich mir eine simple Ausrede einfallen lassen und Nein gesagt. Wäre ich stärker gewesen, hättest du sie geheiratet und nicht mich, und alle wären glücklich."

„Nicht alle. Du wärst unglücklich, weil du deine wahren Gefühle hättest verbergen müssen. Michelle und ich hätten einander vielleicht noch eine Weile etwas vorgemacht, aber früher oder später hätten wir eingesehen, dass es ein Fehler gewesen war zu heiraten. Ich liebe Michelle, das werde ich immer tun, aber ich bin nicht verliebt in sie. Es hätte nicht gehalten, ganz egal, wie sehr wir es versucht hätten."

Er hockte sich vor seiner Frau hin, legte das Messer zur Seite und nahm ihre Hände in seine. „Es tut mir leid. Ich weiß, dass es schwer ist. Aber wir beide haben uns darauf geeinigt, ihr ein wenig Zeit zu geben. Michelle wird einsehen, dass sie und ich nur das getan haben, was von uns erwartet wurde, nicht das, was wir wirklich wollten …“

„Aber …“

„Nein. Ich lasse nicht zu, dass du dir die Schuld gibst. Vielleicht war die Heirat in Vegas ein Versuch, dem Zorn meines Vaters zu entkommen, aber ich glaube immer noch, dass Michelle bald das einsehen wird, was wir schon lange wissen. Wenn das nicht sogar schon der Fall ist.“

Beth blinzelte die Tränen weg, die sich in ihren Augen gesammelt hatten, verfluchte sich für den Gefühlsausbruch und lächelte ihren Mann an. Ihren Mann. Es war ein wahr gewordener Traum. Sie liebte ihn so sehr. Doch nur in ihren Träumen war sie die glücklichste Frischverheiratete der Welt, und Michelle war immer noch ihre beste Freundin. Nein, das hier war definitiv kein Traum. Außer der Tatsache, dass sie mit Steven verheiratet war, stimmte nichts in ihrem Leben.

KAPITEL 9

„Warum nicht?" Corries jammernder Tonfall ging Michelle auf die Nerven wie kreischend kämpfende Katzen bei Tagesanbruch.

„Corrie, jetzt ist kein guter Zeitpunkt. Unser Effizienzexperte hat gerade Evelyn und Joyce aus der Personalabteilung gefeuert. Niemand hat erwartet, dass er sein Beil so schnell schwingen würde. Wir drehen im Moment alle ein bisschen durch und versuchen sicherzustellen, dass wir nicht die Nächsten sind. Lass uns darüber sprechen, wenn ich zu Hause bin."

„Hast du nicht zugehört? Das Spiel ist heute Abend. Ich brauche bis zum Ende des Schultages die schriftliche Einverständniserklärung, sonst muss ich mit dem Bus fahren. Deshalb habe ich auf das Mittagessen verzichtet und bin stattdessen hergekommen, damit du unterschreiben kannst."

Michelle bemühte sich, die typische Reaktion ihrer Schwester – die genervt die Luft ausstieß und die Augen verdrehte – zu ignorieren. „Ich weiß es einfach nicht."

„Es ist ein Football-Spiel. Keine Orgie", platzte Corrie so laut heraus, dass die halbe Etage, auch Lloyd McEntire, es hören konnte, der gerade durch das Großraumbüro auf Michelles Schreibtisch zukam.

„Klasse", murmelte Michelle. „Einfach klasse. Hier kommt der neue Chef."

„Gibt es ein Problem?", fragte er.

„Nein, überhaupt nicht." Sie packte ihre Schwester am Arm und drehte sie um. „Du fährst besser zurück zur Schule."

„Dann kann ich also mit Brittany und Billy fahren, statt mit all den Losern im Bus?"

Michelle verspürte den Drang, genau das zu tun, was sie an ihrer Schwester so hasste – die Luft auszustoßen und die Augen zu verdrehen. „Nein. Es wird dich nicht umbringen, mit dem Bus zu fahren."

„Aber ..."

„Corrie. Du kommst zu spät zum Unterricht. Geh."

Corrie presste ihre Lippen zu einem dünnen Strich zusammen, und Michelle wusste, dass sie das nur tat, weil ihr Chef wenige Zentimeter entfernt stand. Ihre Schwester stampfte ohne weitere Widerworte davon. Obwohl ihre lauten Schritte zeigten, wie wütend sie war.

Der Blick ihres Chefs ging von Corrie zurück zu Michelle. „Da ist wohl jemand wütend."

„Ein wenig. Entschuldigen Sie."

„Hm."

Sie ahnte, welche Frage ihm auf der Zunge lag. „Corrie ist meine Schwester."

„Hm." Er nickte, eine kurze, knappe Geste, an die sie sich in den letzten Tagen gewöhnt hatte. „Nun, da ich mir ein umfassendes Bild von dem Unternehmen machen konnte, ist es an der Zeit, Veränderungen vorzunehmen. Ich habe unnötige Stellen in der Personalabteilung abgebaut."

Michelle nickte. Was hätte sie sonst tun sollen? Joyce' Mann war Anwalt und verdiente gut, daher machte sich Michelle keine allzu großen Sorgen um sie. Die arme Evelyn dagegen war alleinerziehende Mutter von zwei Kindern. Michelle hatte nur eine fast erwachsene Schwester, um die sie sich kümmern musste, und der Gedanke daran, dass sie ihren Job verlieren könnte, ängstigte sie zu Tode. Derzeit meldeten im ganzen Land immer mehr Zeitungsredaktionen Insolvenz an, und die Tatsache, dass es sie als Nächstes treffen könnte, bereitete ihr Magenschmerzen.

Lloyd McEntire reichte ihr ein Blatt Papier. „Ich habe für morgen Früh um neun ein Meeting mit allen Abteilungsleitern angesetzt, und ich möchte, dass Sie auch kommen."

„Kein Problem." Sie nickte, konnte sich aber nicht zu einem Lächeln durchringen. Auf dem Blatt, das er ihr gegeben hatte, war die Tagesordnung aufgelistet. Kunst, Architektur, Kirche, Leitartikel. Zumindest war ihre Abteilung nicht auf der Liste. Das musste ein gutes Zeichen sein. Oder?

Warum war es so schwer? Lloyd McEntire, der neue Iacocca, hatte noch nie Probleme gehabt, in einem Unternehmen unnötige Stellen abzubauen. Für den Moment war Mickis Job sicher. Ihre Abteilung war die letzte, in der er Leute entlassen wollte. Ihr zuliebe wollte er ihnen Zeit geben, die Zahlen zu verbessern. Die Erwartungen zu erfüllen. Damit er einen guten Grund hatte, keine Stellen zu streichen. Die Umsätze der Lokalanzeigen sanken stetig. Die landesweiten Umsätze litten momentan unter der Kleinstadtzeitung.

Er warf die Unterlagen auf seinen Schreibtisch, ließ sich auf den großen Lederstuhl sinken und rieb sich das Gesicht, als könnte er so seine Frustration wegwischen. Pam hätte Micki … Michelle die Tagesordnung des morgigen Meetings per E-Mail senden können. Aber er hatte sie sehen und ihre Stimme hören wollen. Sich in Erinnerung rufen wollen, wie es sich anfühlte, neben ihr zu stehen.

Gott, warum quälte er sich selbst? Er musste aufhören, sie als seine Micki zu betrachten, und Michelle in ihr sehen, die nichts als eine weitere Angestellte war. Und was war das mit ihrer Schwester gewesen? Vielleicht waren ihre Eltern verreist, und Michelle übernahm nun ihre Pflichten als große Schwester. Er hatte sich auf die Zunge beißen müssen, als sie dem jungen Mädchen den Wunsch verwehrt hatte. So lange seine Highschool-Zeit auch her war, er erinnerte sich noch gut daran, wie es sich angefühlt hatte, nicht mit den coolen Leuten rumzuhängen und sich zu fühlen, als hätte man ein *L* auf der Stirn. Er hatte Mitgefühl mit ihr. Auch wenn sie ein ziemliches Temperament hatte.

Teenager. Nichts als Ärger. Er fragte sich, wie es Dave ging mit dem neuen Welpen. Laut seinem Computer war es noch lange keine Zeit zum Mittagessen an der Westküste, wo Dave lebte. Und wenn schon. Er entsperrte sein Telefon und rief ihn trotzdem an.

„Dave Griffin.“

„Wie geht es dem Welpen?“

„Kirk? Bist du es, Kumpel? Wie spät ist es …“ Seine Stimme verlor sich für einen Moment. „Noch nicht mal Mittag.“

Sein Freund war schon immer viel zu schlau gewesen, aber Kirk ging nicht auf die Bemerkung ein. „Wie geht es dem Hund?“

„Dem Hund?“ Dave lachte. „Hast du dir den Kopf gestoßen?“

„Nein. Eine der Mitarbeiterinnen hatte eine kleine Auseinandersetzung mit ihrer jüngeren Schwester. Das hat mich daran erinnert, wie viel Ärger einem Kinder machen können, und das hat mich an dein Probekind erinnert, das Deb dir aufgehalst hat. Wie geht es ihm?“

„Er hat gestern meine Lieblingsschuhe gefressen, und heute hat er auf Debs neue Coach-Handtasche gepinkelt. Aber Rover lebt noch."

„Ich kann nicht glauben, dass ihr euren Hund Rover genannt habt. Wenn ihr richtige Kinder habt, heißen sie bestimmt Dick und Jane."

„Die Namen gefallen mir zufällig ganz gut." Dave zögerte. „Ist irgendwas?"

„Das Unternehmen ist eine absolute Katastrophe."

„Aha."

„Es hat mehr als eine Woche gedauert, dem Computersystem das neueste Update zu verpassen. Der alte Herausgeber hat alles noch genauso gemacht wie der vorherige Besitzer – also schlecht."

„Das ist ja meistens der Grund dafür, warum du eingestellt wirst."

„Ich weiß."

„Hast du die ersten Leute schon entlassen?" Dave redete nun wieder in einem beiläufigen Tonfall.

„Heute Morgen. Zwei nette Damen aus der Personalabteilung."

„Rufst du etwa an, weil du doch plötzlich ein Herz und Schuldgefühle hast?"

„Ich will einfach hören, wie es meinem Freund geht. Ein letzter Versuch, dich vor der Falle zu retten."

„Nein danke." Dave klang belustigt. „Ich mag meine Falle. Und die Namen Dick und Jane."

„Wenigstens hab ich's versucht." Eine Bewegung auf dem Bildschirm weckte Kirks Aufmerksamkeit. „Ich mach mich besser wieder an die Arbeit."

„Alles klar. Und du bist dir sicher, dass du nichts anderes wolltest?"

„Ist dieses Desaster nicht genug?"

Dave lachte. „Halt mich auf dem Laufenden."

„Mach ich. Grüß Deb von mir."

Kirk beobachtete, wie ein Pitbull über den Bildschirm wanderte und Icons fraß, während er sein Telefon wieder in die Tasche schob. Er selbst war genau wie dieser Pitbull, indem er die Schwachen von den Starken unterschied und überschüssiges Personal aussortierte.

In diesem Unternehmen arbeiteten so viele Angestellte wie normalerweise für eine Zeitung, die dreimal so viel verkaufte. Wenn er fertig war, würde die Bluffview Tribune effizient laufen und mit einem Bruchteil der Angestellten auskommen. Zum ersten Mal seit zehn Jahren würde Gewinn gemacht werden. Hätte die Harkness Group die Zeitung vor drei Jahren nicht gekauft, hätte der ursprüngliche Besitzer das Unternehmen in ein oder zwei Jahren in den Bankrott getrieben. Es musste dringend etwas geändert werden.

Er betätigte eine Taste am Computer. Die Kunstabteilung war als Nächstes dran. Er würde nicht über die Kleinanzeigen nachdenken, und auch nicht über Michelles Job. Noch würde er sie nicht entlassen.

„Du siehst mitgenommen aus." Pam setzte sich auf die Kante von Michelles Schreibtisch.

„Danke. Du siehst auch klasse aus."

„Ernsthaft. Man könnte meinen, *du* wärst die Assistenten, die seit zwei Wochen Überstunden macht. Schläfst du immer noch nicht?"

„Wer sagt denn, dass ich nicht schlafe?"

„Die dunklen Ringe unter deinen Augen." Pam zuckte mit den Schultern. „Corrie hat vielleicht auch eine Bemerkung gemacht. Ich bin ihr begegnet, als sie gegangen ist. Du solltest dir wirklich überlegen, ob du ihr nicht ein bisschen mehr erlauben willst. Irgendwann muss sie ja ihre Flügel ausbreiten. Wenn du sie zu sehr einengst, brechen die Flügel vielleicht irgendwann.“

„Du meinst mehr Partys bei irgendwelchen Jungs?“ Das konnte sie nicht gebrauchen. Nicht jetzt. Der neue Chef nahm sie bereits mehr mit, als sie sich selbst eingestehen wollte.

„Es zählt wohl kaum, wenn die Eltern zu Hause sind. Ich kenne Kathy Webb. Die Frau hatte schon einen Stock im Allerwertesten, bevor du auf der Welt warst. Die Kinder werden gewiss nicht verhätschelt.“

„Nun, aber Vorsicht …“

„Ist nicht immer gut.“

„Ich trage die Verantwortung für Corrie.“

„Ich meine ja nur, es könnte nicht schaden, wenn du es deiner Schwester ein bisschen leichter machst. Lass sie mit ihren Freunden fahren statt mit dem Schulbus. Gib ihr die Chance, Spaß zu haben. Und dir selbst auch. Betrachte das, was dir passiert ist, als Zeichen. Leb dein Leben.“

Ein Zeichen. Frei wie ein Vogel. Der Gedanke kam ihr im selben Moment in den Sinn, als sie mit der Hand den goldenen Vogelanhänger an ihrem anderen Handgelenk umfasste. Sie hatte ihren Spaß gehabt.

Pam drückte sich vom Schreibtisch ab. „Du hörst mir nicht zu, oder?“

Doch, das tat sie. Michelle seufzte leise, aber das hieß nicht, dass sie etwas erwidern würde.

„Okay. Ich gebe auf, zumindest für den Moment. Aber an einem langen Abend in der Stadt kann einiges passieren – wenn du verstehst, was ich meine.“

„Pam“, rief Lloyd McEntire von seiner Tür aus. „Wo zur Hölle verstecken Sie sich?“

„Ich muss los. Der Kapitän ruft.“ Pam eilte davon und schaffte es trotz der schnellen Schritte, ihre Hüften zu wiegen.

Zwei Minuten später kam sie aus Mr McEntires Büro und wieder an Michelles Schreibtisch. „Er hat gerade Mr Harrisons Widerrufsrecht gelesen und überprüft, ob alle Kunden zahlen. Er will dich sofort in seinem Büro sehen."

„Ich hab doch nichts mit der Veröffentlichung zu tun."

„Er hat nichts gesagt, und ich habe nicht gefragt. Aber du gehst besser, bevor er anfängt, Feuer zu speien und das Gebäude niederzubrennen."

Michelle atmete tief durch und ging auf die große Holztür zu. Nachdem sie kurz geklopft hatte, drehte sie den Knauf und steckte den Kopf zur Tür herein. „Du wolltest mich sehen?"

Er winkte sie herein. „Ab jetzt werden alle Abteilungen im ständigen Austausch stehen."

„In Ordnung." Michelle nickte und spürte, dass ihr das Herz in die Hose rutschte. Was kam als Nächstes?

„Ich habe schon viele Unternehmen erlebt, in denen einiges im Argen war, aber dieses hier ist eindeutig das schlimmste. Keine Zeitung im ganzen Land liefert weiterhin an Personen aus, die kein aktuelles Abo haben."

Nach ein paar Sekunden erkannte sie, dass er offenbar auf ihre Antwort wartete. „Ähm, Mr FitzGibbons, der frühere Besitzer, und Mr Harrison fanden es offenbar nett, die Zeitung weiter auszuliefern, bis das Abo erneuert wird."

„Auf welchem Planeten haben diese Männer gelebt? Warum sollte man denn sein Abo erneuern, wenn man die Zeitung ohnehin gratis bekommt? Außerdem führt das zu Problemen mit der Finanzabteilung."

„Nun …"

„Und deiner Abteilung. Ein neuer Vertrag mit einem zahlungsrückständigen Kunden ist nicht mal so viel wert wie das Papier, auf dem die Zeitung gedruckt wird. *Belinda's Bakery* macht schon Werbung seit …"

Er blätterte ein paar Seiten auf seinem Schreibtisch durch.

„Ungefähr fünfzehn Jahren. Noch bevor ich zur Tribune gekommen bin."

„Sie haben seit mehr als achtzehn Monaten nicht mehr gezahlt."

„Mir ist die Problematik bekannt. Ihr Mann hat sich vor zwei Jahren ein Bein gebrochen. Es ist falsch verheilt, und er musste ein paarmal operiert werden. Sie haben keine Versicherung …"

„Haben sich all diese Kunden ein Bein gebrochen?" Er deutete auf einen Stapel Unterlagen. „Mehr als fünf Prozent der Werbenden sind seit mindestens einem Jahr im Zahlungsrückstand."

Sie bemühte sich, nicht zu seufzen, aber der genervte Laut entwischte ihr dennoch. „Ich weiß."

Er wirbelte herum und warf die Unterlagen auf den Schreibtisch, lehnte sich über seinen Stuhl und begann, wild zu tippen. „Morgen Früh um neun erwarte ich einen Zahlbericht über jeden Kunden, der einen Vertrag mit uns hat."

Pam öffnete die Tür und stürmte ins Zimmer. „Tut mir leid, dass ich unterbreche, aber es ist wichtig." Sie drehte sich zu Michelle um. „Es geht um Corrie. Das County Hospital hat gerade angerufen. Es gab einen Autounfall."

Eine Faust schloss sich um Michelles Herz. *Nicht noch einmal.* „Wie … Wie schlimm?"

„Ich weiß es nicht. Sie haben mir nur gesagt, dass sich das Auto überschlagen hat und alle fünf Insassen eingeliefert wurden."

„Wie kann das sein?", murmelte sie und schaute sich nach ihrer Handtasche um. Nach ihrem Schlüssel. „Ich muss los." Eine starke Hand legte sich um ihren Arm, und erst da fiel ihr wieder ein, wo sie war. „Ich muss meine Tasche holen." *Das Auto hat sich überschlagen.* Sie schaute Pam an. „Aber Corrie ist mit dem Bus gefahren."

„Nein, Liebes."

„Nicht schon wieder." Angst überkam sie, und Tränen traten ihr in die Augen. Sie blinzelte schnell und schaute sich im Raum um. „Ich brauche meinen Schlüssel."

Pam schüttelte den Kopf. „Du solltest nicht fahren. Tony von unten schickt dir den Van."

„Nein." Lloyd McEntire festigte den Griff um ihren Arm. „Ich fahre Sie."

KAPITEL 10

Bilder von einer blutenden Corrie mit gebrochenen Gliedern schossen Michelle immer wieder durch den Kopf. Sie spielte nervös mit einem Taschentusch herum. Eigentlich wollte sie sich nicht das Schlimmste ausmalen. Sie musste damit aufhören. „Das hättest du nicht tun müssen. Tony hätte mich fahren können."

„Ich wollte aber." Lloyd McEntire streckte die Hand aus und legte sie auf ihre. „Es wird alles gut."

Er war so einfühlsam und bedacht, genau wie Kirk. Als er ihr einen Blick zuwarf, musste sie sich in Erinnerung rufen, dass er nicht der Kirk war, den sie kannte. Neben ihr im Auto saß Lloyd, der Lügner. Der Mann, der mit ihr geschlafen hatte, ohne ihr seinen richtigen Namen zu nennen.

Sie schaute weg. „Ich bete darum."

Pam hatte ihm Anweisungen gegeben, wie er zum Krankenhaus kam, bevor sie überstürzt das Gebäude verlassen hatten. Zu Michelles Überraschung erinnerte er sich an jede Kurve, ohne sie fragen zu müssen, und jetzt lenkte er den Wagen auf einen Parkplatz neben der Notaufnahme. Ehe sie sich am Türgriff zu schaffen machen konnte, war er auf ihre Seite gekommen und hatte die Beifahrertür für sie geöffnet. „Komm."

Drinnen schlug ihr der Geruch von Desinfektionsmittel, Zitrone und Angst entgegen. Sie hatte nicht bemerkt, dass er ihre Hand genommen hatte, bis er sie sanft zum Empfang zog.

„Wir suchen eine der Personen, die in den Autounfall verwickelt war."

Die Dame hinter dem Tresen nickte, ohne aufzuschauen. Sie tippte auf ihrer Tastatur herum. „Einen Augenblick."

„Michelle." Der Direktor der Highschool, Phil Warren, kam auf sie zu. „Es tut mir so leid."

Sie spürte, dass ihre Knie weich wurden. Wusste er mehr als sie? Panik durchfuhr sie. „Sie sollte den Bus nehmen." Michelle wusste nicht, warum sie das sagte; außer *Bitte, lieber Gott* war dies der einzige Gedanke, den sie fassen konnte. Ihre kleine Schwester hätte nicht in einen Wagen voller Teenager steigen sollen, sondern in einen großen, sicheren Bus.

Demnach zu urteilen, wie der Direktor sie ansah und die Augenbrauen zusammenzog, schien irgendetwas – abgesehen von der Tatsache, dass fünf Jugendliche in die Notaufnahme eingeliefert worden waren – nicht zu stimmen.

„Was?"

„Sie haben die Einverständniserklärung nicht unterschrieben?", fragte er.

Michelle schüttelte den Kopf. Ein starker Arm legte sich um ihre Taille. Sie wusste nicht, ob sie sich an Lloyd McEntires Körper sinken lassen oder schreien sollte, so laut sie konnte. Das alles war ein einziger Albtraum.

Der Direktor betrachtete über ihre Schulter hinweg den ihm unbekannten Mann, zögerte einen Moment und schaute dann wieder sie an. „Sie hat eine Einverständniserklärung abgegeben, dass sie mit dem Sohn der Webbs fahren kann. Jemand hat mit Ihrem Namen unterschrieben."

Ehe sie etwas erwidern konnte, kam Kathy Webb in die Notaufnahme gerauscht, eine Gruppe panischer

Eltern im Schlepptau. „Wie geht es ihnen? Ist es schlimm? Am Telefon wollte man uns nichts sagen."

Die Frau war so panisch, dass Michelle eine Ader an ihrem Hals pulsieren und ihre Hände zittern sehen konnte. „Beruhige dich, Kathy", sagte der ältere Mann mit sanftem und beruhigendem Tonfall.

Lloyd tippte mit der Hand auf den Tresen. „Wir müssen wissen, was mit den Jugendlichen ist, die eingeliefert wurden. In unserem Fall geht es um Corrie Bradford."

Die Frau tippte immer noch, und als sie schließlich aufschaute, machte sich ein Grinsen auf ihren Lippen breit. „Miss Bradford ist in Untersuchungszimmer zwei, durch die Doppeltür." Noch immer lächelnd wie ein Schulmädchen, deutete sie nach links. „Nur direkte Angehörige."

„Danke." Er legte den Arm um Michelle, und das Lächeln der Frau erlosch. „Komm."

Ohne loszulassen, schob er Michelle am Tresen vorbei durch die Tür und den Flur entlang bis zur vorletzten Kabine.

Die hellblauen Vorhänge waren halb geschlossen, und Michelle ertappte sich dabei, wie sie nach seiner Hand griff und sie fest drückte, als sei er wieder ihr Kirk. Es war ihr egal, wer er war oder wie er hieß, denn sie hatte Angst. Obwohl sie wusste, dass sie den Vorhang öffnen musste, konnte sie sich nicht dazu bringen, ihren Arm zu heben.

„Schon in Ordnung", flüsterte er. „Du musst stark sein." Mit seiner freien Hand schob er den Vorhang zur Seite, und zum Vorschein kam ein sehr lebendiger, genervt aussehender Teenager, der zu ihnen aufschaute.

In der Sekunde, als Michelle ihrem Blick begegnete, brach Corrie in Tränen aus. „Du hast mir gesagt, ich soll den Bus nehmen. Ich hab das Formular selbst unterschrieben. Niemand schaut wirklich jemals drauf.

Ich hab gedacht, du wirst es nie rausfinden. Wir wären früher dagewesen als der Bus, und du hättest es nie erfahren. Es tut mir so leid."

Michelle strich mit der Hand über Corries Haaransatz. „Du blutest."

„Ich habe mich an irgendwas gestoßen." Corrie schniefte. „Ich glaube, es war Gregs Fuß oder Amys Schuh. Ich bin mir nicht sicher."

„Und dein Handgelenk?" Sie deutete mit dem Kopf auf die Schiene am Arm ihrer Schwester.

„Sie wollen sichergehen, dass nichts gebrochen ist."

„Wie geht es allen anderen?"

„Ich weiß es nicht. Ich saß hinten. Als der Krankenwagen ankam, ging alles drunter und drüber. Ich glaube aber, es geht allen gut." Sie wischte sich mit der gesunden Hand ein paar Tränen von der Wange. „Aber ich bin mir nicht sicher."

„Okay." Michelle betete, dass ihre Schwester recht hatte. „Erzähl mir, was passiert ist."

„Wir sind nicht zu schnell gefahren oder so. Billy ist auf einmal ins Schleudern geraten und gegen etwas gefahren, vielleicht gegen die Leitplanke, und dann hat sich der Wagen überschlagen."

„Autos geraten aber nicht ohne Grund ins Schleudern oder überschlagen sich." Sie atmete tief durch. „Hatte Billy getrunken? Oder ihr anderen?"

„Nein!"

„Drogen? Habt ihr was genommen? Ich muss es wissen, sag mir die Wahrheit."

„Wir haben nichts verbrochen. Brittany hatte Hunger, also haben wir unterwegs für einen Burger Halt gemacht. Sonst wären wir direkt hinter dem Bus gewesen."

Michelle sagte nichts; sie wollte ihrer kleinen Schwester glauben. Aber war das nicht ein typischer

Fehler, den man machte, und am Ende entging es einem, dass Teenager Drogen nahmen oder tranken?

Corrie schien Michelles Zweifel zu spüren, denn sie beugte sich vor und griff nach der Hand ihrer Schwester. „Ehrlich. Ich lüge nicht. Ich weiß nicht, wie es passieren konnte, aber wir haben nichts getrunken."

Ehe Michelle etwas erwidern konnte, spürte sie, dass Lloyd näher zu ihr herantrat. Er vollführte das kurze, knappe Nicken, an das sie sich im Büro gewöhnt hatte, eine kaum merkliche Bewegung. „Ich bin mir sicher, deine Schwester glaubt dir."

Wie konnte er es wagen? Es war eine Sache, darauf zu bestehen, sie ins Krankenhaus zu fahren, obwohl auch jeder andere Kollege es hätte tun können, aber nun wollte er auch noch seine Meinung über ihr Privatleben kundtun. Er wusste vielleicht, wie man ein Unternehmen rettete, aber sie hätte ein Jahresgehalt darauf verwettet, dass dieser Mann, der sich so gern amüsierte, nichts darüber wusste, wie man Jugendliche erzog.

„Du hast deine Schwester zu Tode erschreckt", fuhr er fort. „Sie war zu aufgebracht, um selbst zu fahren."

Corrie senkte den Blick, während weitere Tränen an ihrer Wange hinabliefen, ehe sie den Mut aufbrachte, Michelle wieder anzuschauen. „Es tut mir wirklich leid."

Angesichts der Traurigkeit in den Augen ihrer Schwester wäre Michelle beinahe selbst in Tränen ausgebrochen. Sie schloss Corrie in die Arme und hielt sie an sich gedrückt. „Das Wichtigste ist, dass es dir gut geht. Haben sie deine Hand schon geröntgt?"

„Nein."

„Okay, ich werde nach deinen Freunden sehen und mich nach deiner Röntgenuntersuchung erkundigen."

Corrie lehnte sich im Bett zurück und nickte.

„Wir sind in einer Minute wieder da.“

Sobald sie Corries Kabine verlassen hatten, wirbelte Michelle zu ihrem Chef herum. „Wer hat dir das Recht gegeben zu verkünden, was ich glaube oder nicht glaube? Es geht dich nichts an.“

Er zog sie näher zu sich heran, weg von dem geschäftigen Treiben auf dem Flur, und sprach mit der leisen, tiefen Stimme, die sie normalerweise zum Schmelzen gebracht hätte. „Du hättest beinahe einen schrecklichen Fehler gemacht.“

„Wovon zur Hölle sprichst du?“

„Sie ist nicht betrunken oder auf Drogen.“

„Und woher weißt du das? Ach, warte.“ Sie hob eine Hand, und ihre Stimme war von Sarkasmus durchzogen. „Wie ich sehe, bist du jetzt auch ein Experte für Drogen.“

„Man muss kein Experte sein, um zu sehen, ob ein Teenager high oder betrunken ist. Sie hat keine Fahne, sie lallt nicht, und ihre Hände zittern nicht, auch wenn man das sicherlich für einen Moment abschalten kann, wenn man sich bemüht. Die verlässlichsten Zeichen sind jedoch, dass ihre Augen nicht blutunterlaufen und ihre Pupillen nicht geweitet sind. Mit Tropfen kann man die Rötungen zwar bekämpfen, aber sie hatte nicht genügend Zeit, um welche zu verwenden. Soll heißen: Man kann seine Pupillen nicht aktiv verkleinern. Sie hat also nichts genommen.“

Michelle trat einen Schritt zur Seite. Könnte er recht haben? Sie dachte nach. War Corries Blick klar gewesen? Ihr war nicht einmal in den Sinn gekommen, auf ihre Pupillen zu achten. Sie war kurz davor gewesen, ihre Schwester zu beschuldigen, wie es schon so viele Eltern aus Angst getan hatten. „Bist du sicher?“

Er nickte.

Verdammt. „Dann … vielen Dank.“

„Gerne.“

„Miss Bradford?“ Eine junge Krankenschwester in rosa Arbeitskleidung trat neben Michelle.

„Ja?“

„Wir würden jetzt gern Corries Arm röntgen.“

„Kann ich mitkommen?“

„Wenn Sie möchten. Es dauert nicht lange.“

„Danke. Können Sie mir sagen, wie es den anderen Jugendlichen geht?“

„Ich darf Ihnen keine Details verraten, aber …“

Eine schluchzende Frau trat aus einer Kabine und wurde von ihrem Mann gestützt, damit sie sich aufrecht halten konnte.

Michelle erkannte die Frau nicht, aber das musste nichts heißen. Hatte Corrie sich getäuscht? War einer ihrer Freunde schwer verletzt worden oder … „Oh mein Gott. Geht es um einen von Corries Freunden?“

„Nein“, sagte eine andere Krankenschwester in sanftem, beruhigendem Tonfall. „Allen, die mit Ihrer Schwester im Auto saßen, geht es gut. Leichte Verletzungen. Nichts, worüber man sich Sorgen machen müsste. Aber der Fahrer des anderen Autos hatte nicht so viel Glück.“

„Des anderen Autos?“

Die junge Frau schüttelte den Kopf. „Der Fahrer wurde bei der Einlieferung für tot erklärt. Wir konnten nichts mehr für ihn tun.“

Michelle schnappte nach Luft, und Kirk trat näher zu ihr heran. Sie war gut darin, sich nach außen hin stark zu geben, aber er hatte sie genau beobachtet, seitdem sie von dem Unfall erfahren hatte. Er konnte sehen, wie ihr Schutzschild langsam zerbrach. Er legte einen Arm um ihre Taille. Nun hielt er sie ganz fest und stützte sie. Es fühlte sich so natürlich an, so richtig. Er wollte sie vor jeglichen anderen schlechten Nachrichten beschützen, all ihre Sorgen vertreiben.

Michelle hielt sich noch immer eine Hand vor den Mund und schwieg.

Er konnte beinahe die Fragen hören, die ihr durch den Kopf gingen, während sie überlegte, welche davon sie zuerst stellen sollte.

Vorhin hatte sie ihm vorgeworfen, dass er sich eingemischt hatte, aber im Moment war ihm das egal. „Gibt es weitere Verletzte?"

„Nein, zum Glück nicht." Die Krankenschwester drückte sich das Klemmbrett fester an die Brust. „Es ist ein Wunder, dass es nicht mehr Verletzte gab. Wenn der junge Mann nicht so schnell reagiert hätte, dann … na ja, ich kann Ihnen gar nicht beschreiben, was für schreckliche Dinge ich bei Frontalzusammenstößen gesehen habe."

„Welcher junge Mann?", fragte Michelle kaum hörbar.

„Ich habe gehört, wie er der Polizei erzählt hat, dass das andere Auto ständig ausgeschert ist, ehe es plötzlich ganz von der Spur abgekommen ist. Er konnte gerade noch ausweichen. Die beiden Wagen haben sich kurz gestreift, und das Auto, in dem die Jugendlichen saßen, hat sich überschlagen." Sie seufzte. „Es hätte so viel schlimmer enden können."

„Weiß man, warum der andere Fahrer die Kontrolle über den Wagen verloren hat?", fragte Kirk.

Die Krankenschwester nickte. „Er hatte einen Herzinfarkt. Er hatte seine Tabletten in der Hand, als sie ihn aus dem Wagen gezogen haben. Er hatte keine Chance mehr, sie zu nehmen."

In diesem Moment schob ein Krankenpfleger Corrie in einem Rollstuhl vorbei. Als sie ihre

Schwester und den Mann nebeneinander mitten auf dem Flur stehen sah und erkannte, dass er seinen Arm um sie gelegt hatte, löste sich Michelle abrupt von ihm.

Sie nahm die unverletzte Hand ihrer Schwester und wandte sich ihm zu. „Danke für alles. Wir kommen jetzt allein zurecht. Ich bin mir sicher, irgendjemand kann uns nach Hause fahren."

Obwohl dies eindeutig eine Abfuhr war, ging er nicht darauf ein. „Es ist kein Problem. Ich warte, bis ihr vom Röntgen zurückkommt."

Offenbar hatten er und die halbe Stadt den gleichen Einfall gehabt. Vierzig Minuten später sah das Wartezimmer der Notaufnahme aus wie ein Hörsaal. Freunde und Verwandte jeden Alters hatten sich im Raum und auf den Fluren versammelt.

Corries Handgelenk war nur verstaucht. Ihre Freunde waren mit Schrammen und Blutergüssen davongekommen. Nach und nach wurden alle entlassen, und die erleichterten Angehörigen strömten aus dem Krankenhaus.

Während Michelle und Corrie fort waren, hatte Kirk Pam angerufen, um ihr mitzuteilen, was passiert war, und ihr versichert, dass es nicht nötig war, ins Krankenhaus zu kommen. Er würde warten, um Michelle und ihre Schwester nach Hause zu fahren.

Michelle stand am Empfangstresen und unterschrieb Corries Entlassungsformular. Als sie gerade fertig war, wurde Corrie von einem Krankenpfleger durch die Doppeltür geschoben.

Corrie stand nun direkt neben ihm und schaute ihn an, als sei all das seine Schuld gewesen. Nachdem Michelle zu ihnen gekommen war, schenkte sie ihm einen ähnlichen Blick, und zum ersten Mal fragte er sich, was er hier überhaupt tat.

Warum war er nicht zurück zum Büro gefahren und hatte jemand anderen in der Klinik warten lassen, der sie nach Hause brachte? Es war deutlich zu spüren, dass er hier nicht willkommen war. Warum hatte er also darauf bestanden? Warum hatte er so darauf gedrängt zu helfen? Wie Michelle ihm vorhin mitgeteilt hatte, ging es ihn nichts an.

Er zwang sich zu einem galanten Lächeln, holte den Schlüssel aus seiner Hosentasche und deutete zum Ausgang. „Ich gehe schon mal und fahre den Wagen vor die Tür." Er wartete keine Antwort ab. Schnellen Schrittes entfernte er sich, und als er sich seinem Auto näherte, rannte er fast. Die neue Frage lautete: Warum war er so in Eile? Wollte er unbedingt Michelle Bradford entkommen, oder wollte er schnell wieder zu ihr zurück?

Lieber Himmel, was tat er hier eigentlich?

KAPITEL 11

„**E**s tut mir wirklich leid. Ich schwöre, dass so was nicht noch mal vorkommen wird." Corrie sah ihre Schwester an.

Wenn Michelle ihr doch nur hätte glauben können. Zuerst hatte sie sie wegen einer Party angelogen, und nun hatte sie ihre Unterschrift gefälscht. Sie wagte sich kaum auszumalen, was ihr als Nächstes einfallen würde. „Wir unterhalten uns später darüber."

Corrie rieb mit der unverletzten Hand ihr Handgelenk über der Schiene und schaute wieder zu ihrer Schwester hoch. „Und wann erzählst du mir, warum dein heißer neuer Chef den Arm um dich gelegt hatte?"

„Er wollte mir nur Beistand leisten. Es war nicht schön zu erfahren, dass meine einzige Schwester einen Unfall hatte und im Krankenhaus liegt, ohne dass ich wusste, ob du am Leben bist oder ..." Das Wort blieb ihr im Hals stecken. „Tot."

Corrie senkte den Blick und sah reumütig aus. „Es tut mir leid."

„Ich hoffe, daran erinnerst du dich auch noch, wenn du das nächste Mal auf die Idee kommst, mich anzulügen."

Der Mietwagen ihres Chefs fuhr vor. Alles, was es sonst noch zu sagen gab, musste warten. Sie musste nur noch die Nerven behalten, bis sie zu Hause waren. Und dann wäre dieser Mann weg, ihre Schwester würde sicher in ihrem Bett liegen, und sie konnte endlich ihren Tränen freien Lauf lassen.

Ein paar Minuten später lenkte Lloyd McEntire den Wagen in ihre Einfahrt, kam auf die Beifahrerseite und half Corrie beim Aussteigen.

Ihrem missmutigen Gesichtsausdruck nach zu urteilen, würde sie ihm gleich eine Lektion darüber erteilen, dass ein verstauchtes Handgelenk nicht ihre Fähigkeit zu gehen einschränkte. Doch stattdessen lächelte Corrie. „Danke.“

„War mir ein Vergnügen. Ich bin jederzeit bereit, einer Dame in Not zu helfen. Besonders, wenn ich ihre ältere Schwester gut kenne.“ Kirk zwinkerte und trat zur Seite, damit Corrie an ihm vorbeigehen konnte.

Alle wurden nun etwas unbeholfen. Michelle wusste, dass es höflich wäre, ihn hereinzubitten, schließlich hatte er sie ins Krankenhaus gefahren und dort gewartet. Doch nun, da die Gefahr vorüber war, erinnerte sie seine Nähe an Dinge, an die sie nicht denken wollte. In den letzten paar Stunden hatte sie in dem kalten Geschäftsmann Lloyd McEntire zu oft den bedachten und gutherzigen Kirk aufblitzen sehen, den sie vom Schiff kannte. Nein, sie konnte es nicht ertragen, ihn noch länger um sich zu haben. Nicht heute. „Wir wissen die Hilfe sehr zu schätzen, aber ...“

„Sie sollten mit uns zu Abend essen“, unterbrach Corrie ihre Schwester und strahlte von einem Ohr bis zum anderen. „Das ist das Mindeste, was wir tun können, nachdem Sie so viele Stunden mit uns im Krankenhaus gewartet haben.“

Michelle glaubte, auf der Stelle in Ohnmacht fallen zu müssen. Was tat ihre Schwester nur? Das Letzte, was sie gebrauchen konnte, war diesen Mann *in* ihrem Haus. Die jetzige Situation war ihr schon zu viel. Noch riss sie sich zusammen, aber jeden Moment könnte sie in Tränen ausbrechen. Beinahe hätte sie das einzige Familienmitglied verloren, das sie noch hatte. Ihre beste Freundin, die sie hatte anrufen wollen, seitdem sie in der Röntgenabteilung allein gewesen war, führte das perfekte Leben, das eigentlich ihr hätte gehören sollen. Und nun hatte ihre Schwester kurz entschlossen den Mann eingeladen, der sie unendlich nervös machte. Das Abendessen würde eine Qual für sie werden.

„Ich muss hier weg", murmelte sie.

„Hä?" Corrie, die Michelle am nächsten war, drehte sich zu ihr. „Was hast du gesagt?"

„Ich glaube, das ist keine gute Idee. Du musst dich ausruhen."

„Und ich muss zurück zur Arbeit."

Erleichterung überkam Michelle. Ihre Sorge, dass er bleiben würde, war unbegründet gewesen. Lloyd McEntire war ein Workaholic und machte keine Pausen, schon gar nicht für ein langes Abendessen.

„Ja, natürlich." Michelle nickte. „Danke noch mal."

„Ja, danke, dass sie meine Schwester davon abgehalten haben durchzudrehen. Das weiß ich sehr zu schätzen, Mr ..."

„McEntire", sagte Michelle. „Mr Lloyd McEntire."

Er hielt ihrer Schwester die Hand hin und lächelte. „Du kannst mich Kirk nennen."

„Danke für den Anruf."

Beth schmetterte das Telefon auf den Tisch und eilte so schnell durch das Zimmer, dass Steven dachte, das Haus würde brennen. „Was ist los?"

„Es hat einen Unfall gegeben. Fünf Kinder wurden ins County Hospital eingeliefert." Sie öffnete den Schrank im Flur und holte eine Jacke heraus.

Steven zögerte einen Moment, denn er wusste nicht, was diese Information mit ihr zu tun hatte. „Wo willst du hin?“

„Ins Krankenhaus. Michelle muss vollkommen aufgelöst sein.“ Sie griff nach dem Schlüssel in der Schale neben der Tür.

Mit einem Mal verstand er, und sein Herz zog sich zusammen. „Corrie?“

Beth nickte, öffnete die Haustür und hatte einen Fuß schon auf die Veranda gestellt, als Steven neben sie eilte und sie am Arm wieder hereinzog. „Atme erst mal tief durch.“

„Ich muss los. Sie ist wahrscheinlich ganz alleine.“ Beth wandte sich von ihm ab.

Steven festigte seinen Griff. „Nein. Denk doch mal kurz nach. Michelle nimmt deine Anrufe nicht entgegen. Sie hat mich aus ihrem Büro geworfen. Glaubst du wirklich, dass sie sich besser fühlt, wenn du im Krankenhaus auftauchst?“

Beth atmete tief durch und ließ sich gegen den Türrahmen sinken. „Nein, wahrscheinlich nicht.“

Michelle starrte den Mann, der vor ihrer Tür stand, wie vom Donner gerührt an. Hatte er überhaupt kein Gewissen?

„Ist Kirk nicht ein merkwürdiger Spitzname für Lloyd?“, fragte Corrie.

„Das stimmt, aber er steht für Kirkland.“

Corrie runzelte die Stirn. „Kirkland?“

Er schenkte ihr das erste aufrichtige Lächeln, das Michelle seit seiner Ankunft in Bluffview gesehen hatte. Das Lächeln, das ihr Herz zum Rasen brachte. Mit einer übertriebenen Armbewegung verbeugte er sich. „Lloyd Kirkland McEntire Junior, zu Euren Diensten.“

„Ach, du Scheiße."

„Corrie!" Endlich schaffte es Michelle, der Unterhaltung zu folgen und sich einzubringen.

„Na, denk doch mal drüber nach." Corrie presste kurz die Lippen zusammen und warf ihrer Schwester einen abfälligen Blick zu. Hätte sie zwei unverletzte Arme gehabt, hätte sie sie wahrscheinlich vor den angezogenen Knien verschränkt und mit den Fingern auf ihren Zehen herumgetippt, während sie ihrer Schwester alles geduldig erklärte. „Zuerst verpassen ihm seine Eltern den Namen Lloyd, und dann hängen sie auch noch ein Junior dran. Was für ein Mist."

Ein vertrautes Lachen erklang. Kirk ärgerte sich nicht über die Bemerkung ihrer Schwester, sondern fand sie offenbar so lustig, dass ein amüsiertes Funkeln in seine Augen trat.

„Absoluter Mist", pflichtete er ihr bei und schenkte ihr ein strahlendes Lächeln.

Michelle drehte sich zu Kirk um, ihre Stimme leise wie ein Flüstern. „Ist das wirklich dein Name?"

„Wie bitte?", fragte er, und sein Lächeln verschwand.

„Kirk. Das ist also dein richtiger Name?"

Sein Blick verdüsterte sich und wirkte fragend. Für einen Moment glaubte sie, einen Anflug von Verärgerung zu erkennen, ehe er wieder vollkommen ungerührt wirkte. „Nur meine Freunde nennen mich so."

Sie hatte keine Ahnung, wohin sie sich drehen und wenden sollte. Sie war vom Schlimmsten ausgegangen, hatte angenommen, dass er sich auf dem Schiff einen Namen ausgedacht hatte, um sie hinters Licht zu führen. Und nun wusste er das auch noch. „Wir würden uns freuen, wenn du es dir noch einmal überlegst. Ich koche heute Eintopf.

„Nein danke. Ich muss wirklich zurück zur Arbeit."

„Aber du musst doch was essen." Corrie lehnte sich näher zu ihm heran und flüsterte ihm etwas zu, das seine Augen wieder belustigt funkeln ließ.

Er schaute Michelle an und nickte. „Okay, aber ich kann nicht lange bleiben. Am anderen Ende der Stadt wartet ein einsamer Platz am Schreibtisch auf mich."

Was zur Hölle tat er hier? Stapelweise Berichte mussten durchgesehen, analysiert und interpretiert werden. Er musste noch so viele Berechnungen durchführen, dass vierundzwanzig Stunden an einem Tag nicht genügten. Er sollte keine Zeit darauf verschwenden, mit einer Angestellten und ihrer jüngeren Schwester in der Küche zu sitzen und zu essen. Auch wenn das Mädchen ihn wirklich zum Lachen brachte. *Außerdem kannst du mich nicht mit ihr allein lassen. Sie dreht wahrscheinlich wieder durch, sobald du weg bist.*

Er schaute sich in der Küche um und betrachtete Michelle, die gerade das warme Brot in Scheiben schnitt. Vielleicht war sie ein wenig hart zu ihrer Schwester, aber am Ende des Tages machte sie sich nur Sorgen um sie. Doch was wusste er schon über Familien?

„Corrie, deck den Tisch. Im Esszimmer."

Corrie, die sich gerade einen Kartoffelchip in den Mund schieben wollte, erstarrte. „Im Esszimmer?"

„Ja." Michelle zögerte nicht und schaute nicht auf. Sie erwartete offenbar, dass ihre Anweisungen ohne Rückfragen befolgt wurden.

Und tatsächlich schob Corrie beinahe augenblicklich ihren Stuhl zurück und ging zur Arbeitsplatte, wo sie drei Teller aus dem Schrank holte, eine Schublade öffnete und Besteck herausnahm. Dann griff sie nach ein paar Servietten in einem anderen Schrank und hielt inne.

„Ich helfe dir." Er sprang vom Küchentisch auf. Mit einem halben Schritt war er an ihrer Seite und hob die Teller mit beiden Händen an. „Wohin?"

„Hier entlang." Corrie deutete zum anderen Ende des Raumes.

„Danke." Michelle seufzte. „Ich hab nicht nachgedacht."

„Kein Problem." Er folgte Corrie in das andere Zimmer und stellte die Teller auf dem Tisch ab. „Ich nehme an, ihr esst nicht allzu oft hier."

„Kaum." Sie griff nach einer Gabel und einem Messer und legte beides neben einem Teller ab. „Manchmal an Thanksgiving oder an Weihnachten."

Er reichte ihr weiteres Besteck und wartete. Auch wenn er nicht viel Übung darin hatte, Teenager zu analysieren, wusste er genug über Frauen. Und da sich Mädchen irgendwann zu Frauen entwickelten, erkannte er an der zögerlichen Art ihrer Bewegungen, dass sie noch mehr sagen wollte.

„Früher haben wir immer hier gegessen. Nicht nur an Feiertagen, sondern jeden Abend." Sie griff nach den Servietten und legte eine davon auf einen Teller. „Mom hat die Servietten immer hübsch gefaltet. Sie hat aber Stoffservietten verwendet, keine aus Papier."

Hat?

Ohne aufzuschauen, bewegte sich Corrie zum nächsten Teller und legte eine weitere Serviette darauf. „Hast du eine große Familie?"

„Ich bin Einzelkind."

Sie legte die letzte Serviette auf den dritten Teller und hob den Kopf, um seinem Blick zu begegnen. „Leben deine Eltern noch?"

Er nickte. Obwohl es sich nicht so anfühlte, wenn

man bedachte, dass er seit mehr als zehn Jahren nicht mehr mit ihnen gesprochen hatte.

„Corrie." Michelle kam mit einem riesigen dampfenden Topf ins Zimmer. „Holst du bitte das Brot?"

Corrie nickte und ging an ihm vorbei.

Er lehnte sich in Michelles Richtung. „Wie lange seid ihr schon zu zweit?"

„Ich brauche auch einen Untersetzer", rief Michelle über die Schulter, ehe sie sich ihm zuwandte. „Seit sieben Jahren."

„Hier." Corrie kam mit dem Untersetzer unter dem verletzten Arm und mit dem Brot in der anderen Hand ins Zimmer geeilt. „Okay, Leute, ich hab Riesenhunger."

Jegliche Melancholie von soeben schien verflogen. Corrie redete pausenlos und kam von einem Thema auf das nächste. Er erfuhr, dass sie in Chemie auf jeden Fall eine Eins bekommen würde, dass Coach Davis inkompetent war und dass ein gewisser Billy Webb sich für den tollsten Typen der Schule hielt.

Michelle nickte und lächelte immer wieder, gab ihr Ratschläge und ermutigte sie. Nur bei der Erwähnung von Billy Webb schien sie sich ein wenig anzuspannen. Sie spielte die Rolle der Mutter gut. Der alleinerziehenden Mutter.

Berichte und Statistiken und Dollarzeichen gingen ihm durch den Kopf. Weitere Stellen würden gestrichen werden. Die Personalabteilung war erst der Anfang gewesen. Ganz gleich, wie lange er es hinauszögerte, früher oder später würde auch sie keinen Job mehr haben. Und wie zur Hölle sollte er ihr das beibringen?

KAPITEL 12

„**D**anke. Für gestern." Michelle stand in Lloyd Kirklands Büro an der Tür. Sie fühlte sich klein. Wie hatte sie sich so täuschen können?

Kirk wandte sich von seinem Computer ab und schaute Michelle an. „Ich bin froh, dass alles gut ausgegangen ist. Deine Schwester ist nett. Trotz der kleinen Rebellion."

„Nun." Sie drehte den Türknauf hinter sich. „Das wollte ich nur kurz sagen." Sie öffnete die Tür. „Danke."

„Willst du mit mir zu Abend essen?"

Sie schloss die Tür wieder. „Wie bitte?"

„Abendessen? Heute? Du und ich?" Er machte eine Pause und fügte dann hinzu: „Und deine Schwester."

„Oh, das ist sehr nett von dir, aber du musst nicht …"

„Das würde ich aber gern." Er senkte die Stimme. „Sehr sogar."

Und ihr ging es genauso. Der Mann, dessen Gesellschaft sie an Bord des Schiffes so sehr genossen hatte, war gestern zum Abendessen erschienen. Er hatte sie zum Lachen gebracht und sie daran erinnert, wie gut sie sich in seiner Nähe fühlte.

Sie umfasste den goldenen Anhänger an ihrem Armband. Sein Abschiedsgeschenk. Vielleicht. Es war schließlich nur ein Abendessen. Nein, lieber nicht. Dem wahren Kirk näherzukommen, machte alles nur komplizierter. Bald wäre er in Montserrat oder in Kokomo oder in Timbuktu. Bisher hatte sie nur die Erinnerungen an ihre gemeinsame Zeit in einer anderen Welt. Wenn sie ihn hier öfter privat sehen würde, hätte sie auch Erinnerungen an ihn in ihrem Alltag. Das konnte sie nicht ertragen. „Tut mir leid. Corrie muss lernen. Sie hat bald Abschlussprüfungen. Außerdem müssen wir uns um die Weihnachtsbeleuchtung kümmern. Und …"

Er hob eine Hand. „Schon in Ordnung. Ich verstehe. Vielleicht ein andermal."

Nickend öffnete sie die Tür hinter sich. „Ja, danke. Ein andermal."

Ehe sie es sich anders überlegen, zu ihm zurücklaufen und „Ja, ja, ja" rufen konnte, eilte Michelle zurück zu ihrem Schreibtisch und vergrub ihre Nase in den neuesten Verkaufsberichten. Warum musste er nur so verdammt nett sein? Hätte er nicht der unterkühlte Lloyd bleiben können?

Nachdem sie die gleiche Seite dreimal gelesen hatte, legte sie den Ordner weg und schaute sich nach Arbeit um, bei der man nicht denken musste.

„Ich hätte nie gedacht, dass ich irgendwann wieder um fünf Feierabend machen kann." Pam stellte ihre Tasche auf der Kante von Michelles Schreibtisch ab. „Arbeitest du heute lange?"

„Nein." Michelle hatte die Zeit gar nicht bemerkt. Sie musste länger auf die Zahlen gestarrt haben, als ihr bewusst gewesen war. „Ich gehe jetzt auch."

„Willst du mit mir und Rusty zu Abend essen?"

„Danke für die Einladung, aber ich muss für Corrie kochen, und ich hab ihr versprochen, dass wir uns um die Weihnachtsbeleuchtung kümmern."

„Warum fragst du nicht einen von den Männern, ob sie dir helfen? Der Gedanke, dass du und Corrie auf

Leitern klettert und Lichterketten aufhängt, macht mir Angst."

Michelle musste lachen. Pam hatte wirklich altmodische Ansichten. „Wir sind vorsichtig, das verspreche ich dir."

„Nun. Vielleicht kommen Rusty und ich nach dem Essen vorbei, um zu schauen, ob du Hilfe brauchst."

„Hilfe?" Kirk tauchte neben Pam auf und legte einen Ordner auf Michelles Schreibtisch. „Wobei?"

„Nein ...", setzte sie an.

„Dabei, die Weihnachtsbeleuchtung am Haus aufzuhängen", antwortete Pam. „Zumindest für eine Sache war der Betrüger gut. Wenn du mich fragst, gibt es Arbeiten, die Frauen nicht erledigen sollten, und auf Leitern zu klettern und abends bei der Eiseskälte Lichterketten aufzuhängen, gehört dazu."

Pam schnaufte und nickte zum Abschied, sodass Michelle allein mit dem Mann zurückblieb, den sie unbedingt meiden wollte.

„Stimmt es, was sie sagt?"

„Nicht ganz."

Er hob seine dunklen Augenbrauen.

Sie wollte nicht über Steven, den Betrüger, sprechen. „Ja, wir wollen Weihnachtslichter aufhängen, aber nein, ich werde es nicht im Dunkeln und in der Kälte tun." Sie schenkte ihm ein Lächeln und hoffte, dass es echt wirkte. „Wir beginnen wahrscheinlich morgen."

„Ich verstehe." Er zögerte so lange, dass sie sich Sorgen darüber machte, was er wohl denken könnte, aber am Ende sagte er nur: „Wir sehen uns am Montag."

„Montag." Sie schaute ihm nach, als er in sein Büro ging, und stieß erleichtert die Luft aus, auch wenn sie in Wahrheit hoffte, dass sie ihn schon früher wiedersehen würde.

Visionen von Michelle auf einer Leiter schlichen sich den ganzen Abend in seinen Kopf. Sogar am nächsten Morgen, als er wieder am Schreibtisch saß, ließen ihn die Gedanken nicht los. Kirks Verstand sagte ihm, dass er sich von Michelle Bradford und ihrer Schwester fernhalten sollte. Schließlich wollte er nicht gleich Teil der Familie werden. Sie stellten die klassische Falle dar. Und dennoch – als er nach der morgendlichen Arbeit Halt machte, um etwas zu essen, bestellte er Rippchen, gebratenen Reis mit Garnelen, Moo Goo Gai Pan, Hühnerfleisch süß-sauer und Rinderfleisch mit Brokkoli. Zum Mitnehmen.

Mit ausreichend chinesischem Essen, um die ganze Straße zu versorgen, fuhr er langsam auf Michelles Haus zu. Niemand war zu sehen, aber mehrere große Kisten standen an der Hecke im Vorgarten. Er parkte in der Einfahrt und näherte sich mit dem Essen der Haustür. Liebe ging bekanntlich durch den Magen und konnte Frauen schwach werden lassen, wie er in den letzten Jahren gelernt hatte. Aber wollte er das überhaupt? Sie für sich gewinnen?

Sein Verstand oder seine Angst brachte ihn dazu, sich umzudrehen, um wieder zu gehen, doch in diesem Moment trat Corrie aus dem Haus auf die Veranda.

„Hi." Die Tür mit dem Fliegengitter fiel hinter ihr zu. „Bist du gekommen, um uns bei den Lichtern zu helfen?"

„Wenn deine Schwester mich lässt."

Corrie schmunzelte. „Wie ich sehe, hat sie wieder alles darangesetzt, dich zu verschrecken."

Kirk unterdrückte ein Lachen. „Das hab ich nicht gesagt. Aber ich habe Essen mitgebracht."

Corrie steckte ihre Nase in eine der braunen Papiertüten und roch daran. „Mmmh. Die Lichter können warten, würde ich sagen." Sie nahm ihm eine Tüte ab, ging ins Haus und rief nach ihrer Schwester.

„Geh schnell rüber zu Angie und frag, ob sie ..." Michelle blieb abrupt im Flur stehen.

In ihrem abgetragenen Moody-Blues-Sweatshirt über dem karierten Holzfällerhemd, der ausgewaschenen Jogginghose und mit dem Bandana im Haar sah sie zum Anbeißen aus.

Er hielt ihr die Tüte hin. „Ich hab Mittagessen mitgebracht."

„Chinesisch", fügte Corrie hinzu, als wäre das bei dem Duft von gebratenem Reis nicht offensichtlich.

Michelle wischte sich die Hände an ihrer Hose hinab, ehe sie ihm die Tüte abnahm. „Das hättest du nicht tun sollen."

Das leichte Zucken ihres Mundwinkels unter ihrem aufgesetzten Lächeln verriet ihm, dass sie das nicht nur aus Höflichkeit sagte. Sie meinte jedes Wort ernst. Aber nach fast vier Stunden am Computer, ohne viel Arbeit geleistet zu haben, hatte er einfach herkommen müssen, um seine Micki zu sehen. Er vermisste sie. Vermisste es, sie in seinen Armen zu halten. Den Klang ihres Lachens.

Er ging ihr langsam hinterher, schüttelte jegliche unangemessenen Gedanken ab und rief sich zur Raison. Er musste seinen Auftrag hier hinter sich bringen. Und zwar schnell.

„Der Nagel sollte direkt unter dem Dachfirst sein." Michelle deutete auf die Stelle, die Steven immer gewählt hatte, wenn er die Weihnachtsbeleuchtung aufgehängt hatte.

„Falls hier früher mal ein Nagel gesteckt hat, ist er jetzt zumindest nicht mehr da." Kirk drehte sich um, kam ein paar Streben herunter und schwang einen Arm durch die Luft, als wäre er ein Gorilla. „Gib mir einen neuen Nagel und den Hammer."

Corrie ging auf die Veranda und kam mit einem Hammer und einem breiten Grinsen zurück. „Bezahlt Michelle mit Bananen für deine Arbeit?"

„Jegliche Spenden sind willkommen." Er nahm ihr den Hammer ab und kletterte wieder höher.

„Es macht auf jeden Fall mehr Spaß, die Lichter mit dir anzubringen als mit dem langweiligen Steven."

„Dem langweiligen Steven?"

Michelle sah, dass er sich kurz an der Schnur zu schaffen machte, ehe sie ihrer Schwester einen schnellen warnenden Blick zuwarf.

Kirk hängte die Lichterkette an den neuen Nagel und beugte sich vor, um sie auch am nächsten zu befestigen, bevor er runterkam, um die Leiter neu zu positionieren.

„Und?", fragte er, als er wieder hochkletterte. „Ist dieser langweilige Steven der Freund, den ich vor nicht allzu langer Zeit im Büro kennengelernt habe?"

Michelle hätte ihre Schwester am liebsten getreten. „Nicht abrutschen." Sie deutete auf die Leiter und überging die Frage.

Auf halbem Weg hinauf hielt er an und drehte sich zu Michelle um.

Erinnerungen an seinen muskulösen Oberkörper, als er die Felswand hinaufgeklettert war, überkamen sie. *Verdammt.* Neuere Erinnerungen aus dem Krankenhaus, wie er sie mit seiner ruhigen Hand sanft vor sich herschob und ihr versicherte, dass alles gut werden würde, mischten sich dazu. Ihr Herz zog sich zusammen. *Sie war in Schwierigkeiten.*

Er wartete offenbar immer noch auf eine Antwort,

denn er warf einen Blick in Corries Richtung. In seinen Augen lag weiterhin die gleiche Frage.

Corrie zuckte entschuldigend mit den Schultern und schaute ihre Schwester an, als könnte sie nichts dafür. „Groß, dünn, gut aussehend?"

Kirk befestigte das nächste Stück der Lichterkette, ehe er antwortete. „Kann sein." Als er herabstieg, stellte er Corrie eine weitere Frage. „Arbeitet in einer Bank?"

„Jepp. Der Betrüger. Steven Williams der Vierte."

„Der Vierte?" Er bemühte sich, ein Schmunzeln zu unterdrücken, und schob die Leiter ein Stück weiter.

Corrie probierte eine weitere Lichterkette aus und gab sie Kirk.

In den nächsten zwei Stunden überprüften Michelle und Corrie die Lichterketten, wechselten Glühbirnen aus und hielten sie fest, damit Kirk sich nicht darin verfing, wenn er die Leiter hinauf- und hinabkletterte.

„Ich nehme an, ihr braucht meinen Werkzeugkasten nicht mehr?" Angie betrat den schmalen Rasen zwischen den beiden Häusern. „Wer ist denn der attraktive Handwerker?"

„Mein Chef. Zumindest für eine Weile."

Angie schaute zwischen ihr und Kirk hin und her. „Das ist der Typ, der dich vielleicht entlässt?"

Michelle öffnete eine weitere Kiste mit Glühbirnen. „Jepp."

Angie schirmte ihre Augen mit der Hand vor der Sonne ab und beobachtete Kirk und Corrie bei der Arbeit. „Warum hängt er denn eure Lichter auf?"

Ja, warum eigentlich? „Ich glaube, er klettert gerne."

Angie, die sich immer noch eine Hand an die Stirn drückte, schloss ein Auge und warf Michelle einen Seitenblick zu, ehe sie wieder Kirk und Corrie betrachtete. „Er scheint sich prächtig zu amüsieren."

„Das tun sie beide. Wenn Steven geholfen hat, kamen wir uns immer vor wie beim Militär. *Tu dies, tu das. Nicht hier, sondern dort.*"

Der Gegensatz zwischen der rigiden Art ihres Ex-Verlobten und dem lebenslustigen Kirk hätte nicht größer sein können. Hin und wieder schaute Kirk sie an und schenkte ihr ein Lächeln, aber die meiste Zeit über lachte er über Corries Witze, schmunzelte angesichts ihrer Bemühungen, die unteren Lichter zu befestigen, und grinste wie ein Honigkuchenpferd, wenn sie vor Freude über eine weitere Lichterkette, die funktionierte, quietschte. Für einen Mann, der nicht an den amerikanischen Traum glaubte, wusste er verdammt gut, wie Familienleben funktionierte.

Mit jeder neuen Lichterkette hatte Michelle versucht, sich eine Ausrede zu überlegen, weshalb er nicht zum Abendessen bleiben sollte. Aber immer wieder kamen ihr Erinnerungen an Kirk auf dem Schiff in den Sinn. Der Mann auf der Leiter war der gleiche unbeschwerte Mensch, der sie ermutigt und ihr das Gefühl gegeben hatte, dass sie alles erreichen konnte. Derjenige, der ihr trotz ihrer Unsicherheiten nie das Gefühl gegeben hatte, sie würde sich lächerlich machen oder sei fehl am Platz. Er hatte ihr beigebracht, wieder zu lachen und einfach das Leben zu genießen. Selbst jetzt, in ihrem Vorgarten, tat er es schon wieder. Sie hatte sich nicht mehr so lebendig gefühlt, seit … Nun, seit ihrer Hochzeitsreise, auf die sie sich allein begeben hatte.

„Sieht aus, als wärt ihr fertig", merkte Angie an.

Michelle war so in ihre Gedanken versunken gewesen, dass sie beinahe vergessen hatte, dass ihre Nachbarin neben ihr stand.

„Geschafft." Kirk klopfte sich die Hände ab und schenkte Michelle ein Lächeln, bevor er Angie ansah.

„Kirk McEntire, das ist meine Nachbarin Angie Cannon."

„Freut mich." Er hielt ihr seine Hand hin.

„Ebenso." Angies Wangen röteten sich, als sie ihm die Hand schüttelte. „Aber nun muss ich los. Mein Date holt mich gleich ab, und ich hab mich noch nicht umgezogen."

„Bis dann." Kirk winkte ihr zu.

Angie eilte zurück zu ihrem Haus, jedoch nicht ohne ihn über die Schulter anzulächeln und zurückzuwinken.

Kirk warf einen Blick auf seine Armbanduhr. „Noch eine Stunde bis Sonnenuntergang."

Das war er. Der Moment, den Michelle hatte vermeiden wollen. Ihr Herz raste, und ihre Handflächen wurden feucht. Es war nicht fair. Warum hatte Steven nie solche Reaktionen in ihr hervorgerufen? Warum musste es dieser Mann sein, von dem sie sich in diesem Moment nicht verabschieden wollte?

Die letzte Silbe hatte sich kaum in ihrem Kopf geformt, als alles um sie herum zum Stillstand kam. Ihr Herz, ihre Hoffnungen, ihre Träume. *Liebe Güte.* Sie hatten recht gehabt. Steven und Beth hatten recht gehabt. Sie war nie in Steven verliebt gewesen. In seiner Gegenwart hatte ihr Herz nie so gehämmert wie bei Kirks Anblick. Nicht einmal während der Hitzewellen im August hatte sie so verschwitzte Hände gehabt wie in den Momenten, in denen Kirk ihr brennende Blick zuwarf. Und in den zwei Jahren, in denen Steven und sie zusammen, und den fünf Jahren, in denen sie verlobt gewesen waren, hatte sie nie den Drang empfunden, sich ihm in die Arme zu werfen, allen Anstand zu vergessen und Sex mit ihm an einem öffentlichen Ort zu haben.

„Lieber Himmel", murmelte sie und legte sich eine Hand an den Mund.

„Was?", fragten Kirk und Corrie.

Verflucht. Hatte sie das laut gesagt?

„Was ist los?", fragte Corrie, trat näher an ihre Schwester heran schaute sie mit ernstem Blick und gerunzelter Stirn an.

„Äh, nichts. Es sieht nur …", sie schaute sich im Vorgarten um. Selbst bei Tageslicht wusste sie, dass es toll aussehen würde, „fantastisch aus."

Corrie umarmte ihre Schwester. „Ich kann es kaum erwarten, dass die Sonne untergeht und alle Lichter automatisch angehen. Es ist viel cooler als sonst."

„Ich hab nur das getan, was ihr mir gesagt habt", erwiderte Kirk, während er die leeren Kisten einsammelte.

„Ja." Corrie ließ von ihrer Schwester ab. „Wenn Steven geholfen hat, hatten wir auch immer hübsche Lichter, aber das hier ist eine richtige Farbexplosion."

„Freut mich, dass es dir gefällt." Er sprach mit Corrie, aber schaute Michelle an.

Das wusste sie, weil sie das Brennen seines Blickes spüren konnte. Alles in ihr schrie, dass es ein riesiger Fehler wäre, dem Mann zu nahezukommen. Ein Fehler, der ihr vielleicht das Herz brechen würde. Sie öffnete den Mund, um sich von ihm zu verabschieden, doch fragte stattdessen: „Bleibst du zum Abendessen?"

„Es war köstlich." Kirk nahm seinen Teller vom Tisch und brachte ihn zur Spüle.

„Schön, dass es dir geschmeckt hat."

Er blieb an der Arbeitsplatte stehen. „Normalerweise bekomme ich kein selbst gekochtes Essen, und jetzt ist es schon das zweite Mal in weniger als einer Woche."

„Es ist nichts im Vergleich zu der harten Arbeit, die du geleistet hast."

„Es hat Spaß gemacht. Für gewöhnlich mache ich nicht viel zu Weihnachten. Es war … schön."

Corrie kam hereingeschlurft, ließ ihr Handy auf den Tisch und sich selbst laut auf einen Stuhl fallen. Die rebellische Art, die er im Büro an ihr erlebt hatte, war zurück.

Michelle drehte sich zu ihrer schmollenden Schwester um. „Schlechte Nachrichten?"

„Nein."

„Was dann?"

Corrie zuckte mit den Schultern, und selbst Kirk sah die Frustration in Michelles Gesicht.

Er drückte sich von der Arbeitsplatte ab, zwinkerte Michelle zu und wandte sich an Corrie. „Niemand da zum Rumhängen?"

„Alle sind klettern gegangen." Sie schnaufte.

„Und dich haben sie nicht gefragt?"

„Doch, klar." Corrie versteifte sich und presste die Lippen zusammen. Die Wut in ihrem Blick war greifbar. „Ich hab Brittany gesagt, dass ich nicht mitkommen kann."

„Wegen deinem Handgelenk?"

„Nein, es ist schon viel besser." Sie ließ sich tiefer zurücksinken und zeigte mit dem Daumen auf ihre Schwester. „Sie lässt mich nichts machen."

Kirk warf Michelle einen kurzen Blick zu und schenkte dann wieder Corrie seine volle Aufmerksamkeit. „Wo klettern deine Freunde denn immer?"

„Bei *Pete's*."

„*Pete's*?"

„*Pete's Sport Complex*", erklärte Michelle. „Dort kann man skaten, Basketball spielen, boxen und klettern. Die Jugendlichen aus der Gegend wohnen sozusagen dort."

„Du meinst also kein richtiges Klettern an Felswänden, sondern in einem Sportzentrum mit

Schutzausrüstung, Sicherheitsrichtlinien und allen Standardschutzvorkehrungen?" Kirk sprach mit Corrie, aber die Frage richtete sich an Michelle. Schließlich konnte er nicht einfach sagen „Warum verbietest du es ihr? Es ist doch sicher.".

„Ja." Corrie zuckte mit den Schultern. „Aber Michelle glaubt, dass es zu gefährlich ist."

„Wann hast du denn zuletzt gefragt?" Wieder sprach er Corrie an, aber seinen Blick hatte er auf Michelle gerichtet.

Corrie starrte Kirk an. Sie legte den Kopf schief, als könnte sie ihn so besser verstehen. „Es ist noch nicht allzu lange her." Dann schaute sie Michelle an.

Diese verlagerte ihr Gewicht von einem Bein auf das andere, ein zweckloser Versuch zu verbergen, wie unwohl sie sich fühlte. Er wusste, dass sie ihre Schwester liebte, aber sie musste ihr mehr Freiraum geben.

„Kann ich mitgehen? Zum Klettern?" Corries hoffnungsvoller Blick hätte jeden weich werden lassen. Selbst besorgte Schwestern.

„Ja." Michelle nickte schließlich. „Du kannst mit."

Das aufgeregte Mädchen sprang auf und umarmte Michelle. „Danke."

Kirk wartete darauf, dass Michelle ihre Schwester zur Vorsicht ermahnen würde, aber das geschah nicht. Er unterdrückte ein Schmunzeln. Sie hatte es verstanden und lernte loszulassen.

Corrie wirbelte herum und schlang ihre Arme um Kirk. „Und danke dir auch. Ich weiß zwar nicht genau, was, aber du hast irgendetwas dazu beigetragen."

Kirk, der überrascht über diesen plötzlichen Gefühlsausbruch war, hob zögernd die Arme und legte sie langsam um Corrie. „Ich, äh … Ich hab doch nur ein paar Fragen gestellt."

„Trotzdem danke." Corrie löste sich von ihm. Aus

dem Flur rief sie: „Ich bin um zehn zurück."

Als die Tür hinter ihr ins Schloss gefallen war, drehte sich Michelle zu Kirk um. „Danke."

„Wofür?"

Ihr Blick war voller Zärtlichkeit. „Für alles."

„Klar. Gern geschehen." Da er nicht recht wusste, was er sonst noch sagen sollte, griff er nach dem schmutzigen Geschirr.

Sie umschloss seine Hände, um ihn aufzuhalten. „Du hast heute genug gearbeitet. Du musst nicht auch noch den Abwasch machen."

„Köchinnen machen aber auch nicht den Abwasch."

„Ich schon." Lächelnd drehte sie das Wasser auf und griff nach dem Spülmittel.

Kirk lehnte sich mit der Hüfte gegen die Arbeitsplatte, verschränkte die Arme und fragte sich, was Michelles oder Micki Bradfords wahre Geschichte war. „Warum nennt Corrie Steven Betrüger?"

Michelle ließ den Teller fallen, den sie gerade abspülte, und blinzelte mehrmals, ehe sie die Luft ausstieß. „Steven war mein … Verlobter."

Kirk schluckte schwer und verdrängte den Anflug von Eifersucht, der ihn überkam. „War?"

Michelle griff nach einem weiteren Teller und nickte. Sie hielt ihn unter Wasser.

Er wusste nicht recht, ob sie nachdachte oder ob es sie zu sehr schmerzte, darüber zu sprechen, aber er wartete.

Schließlich hielt sie inne, ließ die Schultern hängen und fokussierte sich auf einen entfernten Punkt draußen. „Er hat mich drei Tage vor der Hochzeit verlassen. Die Kreuzfahrt wäre unser Honeymoon gewesen."

Drei Tage? *Betrüger* war die richtige Bezeichnung für ihn. Eine Reihe von Schimpfwörtern kam ihm in den Sinn, aber alle waren zu gut für ihn.

Michelle stellte den Teller in die Spülmaschine und griff nach einem neuen. Sie wollte sich beschäftigen. Das konnte er nur allzu gut nachvollziehen.

„Beth war meine beste Freundin. Sie hätte meine Trauzeugin werden sollen."

Die Art, wie sie die Worte *werden sollen* betonte, machte ihm Sorgen.

„Sie und Steven haben in Las Vegas geheiratet."

„Wow", murmelte er.

Michelle ließ den Teller in die Spüle fallen, stützte sich schwer auf einen Ellbogen und wandte sich zu ihm um. „Ich habe nicht geweint. Meinst du nicht, ein normaler Mensch hätte geweint?"

„Ist das eine Fangfrage?"

Ein kurzes Schnauben, das vielleicht ein Lachen war, kam ihr über die Lippen, begleitet von einem schwachen Lächeln. Sie drehte sich mit dem Rücken zur Spüle, wobei ihr Arm seinen streifte.

Keiner von beiden bewegte sich zur Seite.

„Ich konnte nicht glauben, dass meine beste Freundin mir so was antut."

„Solche Dinge passieren nicht selten."

Die Art, wie sie den Kopf hob, um ihn eingehend zu betrachten, ließ einen Fluchtinstinkt in Kirk aufkeimen. Sie wirkte viel zu scharfsinnig.

„Hast du deine Freundin auch an deinen besten Freund verloren?"

„Nicht direkt."

„Was ist denn passiert?"

„Meine Mutter hat meinen Dad für seinen besten Freund verlassen."

Sie richtete sich zu ihrer vollen Größe auf, legte den Kopf schief und schaute ihn immer noch an. „Wie alt warst du damals?"

„Fünfzehn." Warum beantwortete er die Frage

überhaupt? Er sprach nie mit irgendjemandem über seine Familie. Nicht einmal mit Dave.

„Das war bestimmt nicht einfach."

Er hatte bereits mehr gesagt, als er beabsichtigt hatte. „Hattest du schon einen Verdacht, dass zwischen dem Betrüger und deiner besten Freundin was läuft?"

Sie drehte sich mit dem Rücken zum Fenster und schüttelte den Kopf. „Ich hatte keine Ahnung."

Kirk nickte. War das nicht immer so? „Dann war ich also der Lückenbüßer?"

Ihr Mundwinkel hob sich zu einem Grinsen. „So was in der Art."

Er lehnte sich so nahe zu ihr heran, dass er ihren Atem hören konnte, und senkte die Stimme. „Willst du es noch mal tun?"

Kirks tiefe Stimme sandte ein Kribbeln an ihrem Rücken hinab. Als Michelle diese sündhaft samtene Stimme zum ersten Mal im Kasino gehört hatte, hatte sie noch nicht geahnt, welche anderen Talente er besaß. Nun wusste sie es, und sie wollte alles noch mal erleben.

Sie hatte keine Ahnung, wer den ersten Schritt gemacht hatte – im Grunde wusste sie gar nichts mehr, außer dass es sich gut anfühlte, in seinen Armen zu sein –, aber seine Lippen kosteten und liebkosten sie. Langsam, mit der gleichen Zärtlichkeit und Sorgfalt, mit der ein Meister sein Instrument stimmen würde, strich er mit den Fingern über ihren Rücken.

All die Empfindungen ließen ihr Herz schneller schlagen.

Irgendwo im Hinterkopf meldete sich die Vernunft zu Wort. Küche, Fenster, Nachbarn. Aber ehe ihre verwirrten Neuronen die gegensätzlichen Informationen verarbeiten konnten, seufzte Kirk und löste sich von ihr, um seine Stirn gegen ihre zu lehnen. Sie hasste es, wenn der Verstand die Oberhand gewann. Vielleicht hatte er auch einen Engel auf der Schulter.

Er hatte alle Mühe, seine Selbstbeherrschung nicht zu verlieren. Seinem Verstand war klar, was das Beste war, auch wenn es das Letzte war, was er wollte, aber er wusste auch, dass er sich nach mehr sehnen würde, wenn er Micki weiter küsste. So viel mehr. „Das war schön, aber …"

„Ich weiß." Ihre Augen funkelten, und für eine Sekunde glaubte er, dass sie die Hände wieder heben würde, doch dann ließ sie sie an ihre Seiten fallen. Sie beide wussten, dass sie sich mit dieser körperlichen Nähe auf dünnem Eis bewegten.

„Ich hab noch Arbeit zu erledigen." Er wollte gehen, aber seine Beine schienen nicht zu gehorchen.

„Das ist wohl das Beste." Sie sah nicht sonderlich überzeugt aus, aber sie machte einen Schritt nach hinten.

Endlich gelang es ihm, ebenfalls ein Stück zurückzuweichen. „Wir sehen uns am Montagmorgen."

„Ja, Montag." Nickend führte sie ihn in den Flur.

Er musste sich einfach nur für die nächsten vierundzwanzig Stunden auf die Arbeit konzentrieren, und alles würde gut werden. Obwohl er sich momentan nicht sicher war, ob irgendetwas jemals wieder gut werden würde.

„Also dann." Er blieb an der Tür stehen und rang sich ein Lächeln ab. „Montag."

Sie drehte den Türknauf, wirbelte dann aber abrupt

zu ihm herum. „Willst du ..."

„Ja", unterbrach er sie.

Grübchen traten auf ihre Wangen, als sie wissend schmunzelte. „Ich habe dir noch keine Frage gestellt."

„Was auch immer du fragen willst, die Antwort lautet Ja." Und zum ersten Mal in seinem Leben war es ihm gleichgültig, ob er sich mit seiner Entscheidung in irgendeiner Form an sie binden würde.

„Willst du morgen mit uns brunchen?"

Ein breites Grinsen trat auf sein Gesicht. „Um wie viel Uhr?"

„Halb elf."

Mit einem schnellen Nicken und grinsend verließ Kirk ihr Haus und stieg in sein Auto. Als er in seinem Apartment ankam, lächelte er immer noch.

Nachdem er sich den Morgen über nicht hatte konzentrieren können, sich heute Nachmittag vor der Arbeit gedrückt und einen Großteil des Abends auf der Couch verbracht hatte, gab es viel aufzuholen. Aber selbst die Hochgeschwindigkeitsrechner mit den neuen Updates in der Redaktion konnten ihn nicht dazu veranlassen, ins Büro zu fahren. Stattdessen öffnete er seinen Laptop und sein E-Mail-Postfach.

Nur eine Bitte, einem afrikanischen Prinzen zu helfen, sein Erbe zu verwalten. Der Gedanke, dass ältere Menschen auf diesen Betrug hereinfallen könnten, ärgerte ihn. Zumindest bekam er keine Werbung mehr für Penisvergrößerungen. Nachdem er eine Spam-Mail nach der anderen gelöscht hatte, entdeckte er eine E-Mail von dem Geschäftsführer des Großunternehmens, dem die Bluffview Tribune gehörte.

Wie von Ihnen zu Beginn eingeschätzt ... Umsatzanalyse ... Zeitrahmen ... Stellen streichen ...

Und dann las er die Worte, bei denen sich ihm der Magen umdrehte.

Die Abteilung für Lokalanzeigen soll aufgelöst werden, die bisherigen Aufgaben werden in Zukunft überregional betreut.

Michelle Bradfords Gnadenfrist war vorbei. Am Montagmorgen würde er die Frau, die sein Leben auf den Kopf gestellt hatte, entlassen müssen.

KAPITEL 13

Corrie kam schlitternd im Türrahmen der Küche zum Stehen. „Wow. Du siehst toll aus."

„Danke." Michelle goss die Teigmischung ins Waffeleisen.

Ihre Schwester steckte den Kopf in den Kühlschrank, holte Saft heraus und ging zum Schrank, um sich ein Glas zu nehmen. „Wann hast du dir denn neue Klamotten gekauft?"

„Ich hab mir eine paar neue Sachen auf der Reise zugelegt und dachte mir, ich kann sie genauso gut auch hier tragen." In ihrer knöchellangen Caprihose und dem schwarzen Stricktop fühlte sich Michelle wieder wie Micki.

„Na, es wurde ja auch langsam Zeit, dass du aufhörst, dich anzuziehen wie eine langweilige Bibliothekarin." Sie trank einen Schluck Saft. „Deine Frisur gefällt mir auch gut."

Michelle widerstand dem Drang, ihr Haar zurechtzuzupfen. Sie fühlte sich wundervoll. Die ganze Nacht hatte sie sich herumgewälzt und von Parasailing, Kayakfahrten und Klettern geträumt. Als sie aufgewacht war, hatte sie bereits wieder Meetings des Eltern-Lehrer-Verbundes, Schulfeste und Elternabende im Kopf gehabt. Auch ihr selbst missfiel es, dass sie so langweilig geworden war. Gestern hatte sie für einen Moment alle Bedenken verdrängt und einer neuen Seite von sich Platz gemacht; und siehe da, die Welt war nicht untergegangen. Corrie war nicht schreiend aus dem Haus gerannt oder hatte sich mit einer Motorrad-Gang aus dem Staub gemacht. Alles war wie immer. Doch zum ersten Mal seit Langem fühlte sich Michelle lebendig in ihrem eigenen Haus.

„Bitte deck den Tisch für drei. Ich habe Kirk eingeladen."

„Ich mag deinen Chef."

Michelle lud vier Waffeln auf einen großen Teller und stellte diesen in den Ofen, um das Essen warm zu halten. „Es war sehr nett von ihm, dass er uns gestern geholfen hat."

„Ich glaube, er mag dich." Corrie deckte den Tisch. „Und ich glaube, du magst ihn auch."

„Du und deine Einfälle. Der Mann ist nur kurz in der Stadt. Wenn er alles geregelt hat, geht es für ihn zum nächsten Projekt in einem anderen Teil des Landes." Michelle bemühte sich, nicht zuzulassen, dass ihre eigenen Worte ihre neue Sicht auf das Leben zerstörten. Sie würde sich später mit der Realität auseinandersetzen.

„Ich meine ja nur …"

„Nein, hör mir zu. Er ist ein sehr netter Mann, aber wir sind nicht seine Welt. Solange wir das nicht vergessen, sind alle glücklich." Zumindest hoffte sie das. Tief in ihrem Herzen fragte sie sich, ob jemals alles wieder gut sein würde, nachdem Kirk McEntire ihr Leben wieder verlassen hatte.

Kirk hatte kein Auge zugemacht. Seit Jahren entließ er Angestellte und rettete Unternehmen, ohne jemals darüber nachgedacht zu haben, wessen Leben auf den Kopf gestellt wurde. Das hatte er nicht gekonnt. Der

Schlüssel zum Erfolg seiner Geschäfte war, Abstand von jeglichem menschlichen Aspekt zu nehmen und sich auf die Zahlen zu konzentrieren. Auf die Ökonomie. Es funktionierte jedes Mal. Bis jetzt.

Michelle war keine Zahl, keine Statistik und keine Tabelle. Sie war aus Fleisch und Blut, war ihm unter die Haut gegangen und hatte sich dort eingenistet.

„Mist." Er schlug auf das Lenkrad und bog in ihre Einfahrt ein. Er hatte das Haus gestern nicht genau in Augenschein genommen. Es könnte einen neuen Anstrich gebrauchen. Einige der Hecken mussten beschnitten werden. Aber im Großen und Ganzen schien es in einem guten Zustand zu sein.

Nachdem er den Motor abgestellt hatte, betrachtete er das Gebäude noch einmal. War es abbezahlt? Hatte sie eine Hypothek? Hatte Corrie einen College-Fonds? Konnte Micki in diesem kleinen Ort irgendwo einen anderen Job finden?

Er zog den Zündschlüssel und stieg aus. Ob es ihm gefiel oder nicht, er musste ihr erzählen, was ihr bevorstand. Er konnte nicht warten, bis sie es auf der Arbeit erfuhr. „Verdammt."

Als er auf die Veranda zuging, verlangsamte er seine Schritte. Was sollte er ihr sagen? Indem er sich zwang, einen Fuß vor den anderen zu setzen, ging er die Stufen hinauf und klingelte. Durch das Milchglas konnte er die Umrisse einer fröhlich hüpfenden Gestalt erkennen. Corrie. Er spürte, dass sich sein Mundwinkel zu einem kleinen Schmunzeln hob. Hätte er erklären müssen, warum, hätte er keine Antwort gehabt, aber er mochte den Teenager.

„Gerade rechtzeitig." Ein strahlendes Lächeln trat auf ihr Gesicht. „Ich hoffe, du magst Waffeln."

„Waffeln?" Nach dem wunderbaren Duft zu urteilen, der ihm in die Nase stieg, meinte Corrie wohl keine fertigen aus der Packung.

Sie ging voran und winkte ihn in die Küche, wo sie sich auf einen Stuhl fallen ließ und eine Waffel, die ihre Schwester gemacht hatte, hochhielt. „Das Sonntags-Menü."

Michelle gab mehr Teig ins Waffeleisen. Sie schaute sich über die Schulter zu ihm um und deutete mit dem Kopf zum Tisch. „Setz dich."

„Danke." Er beobachtete sie, wie sie in der Küche umherging, Löffel abspülte und Zutaten wegräumte. Einige in die Schränke, andere in den Kühlschrank. Sie erinnerte ihn an Laura Petrie aus der *Dick van Dyke Show*. Mit dem Anmut einer Tänzerin ließ sie Küchenarbeit überaus attraktiv wirken. Und wie sich ihre Hose um ihr Hinterteil legte, war ebenso hübsch anzuschauen. Was um alles in der Welt hatte sich Steven, der Betrüger, nur gedacht?

„Hier, Corrie. Gib Kirk die Wurst und den Sirup." Michelle nahm zwischen ihm und ihrer Schwester Platz und lud sich einen Berg Waffeln auf den Teller.

„Hast du Hunger?"

Sie schenkte ihm ein breites Grinsen, das ihre Augen zum Leuchten brachte. „Und wie."

Hätte er sie nicht besser gekannt, hätte er schwören können, dass sie ihn verspottete. Aber die Michelle Bradford, die er kennengelernt hatte, seitdem er in Bluffview eingetroffen war, würde so etwas nie tun. Nicht, wenn ihre Schwester mit am Tisch saß. Oder?

Er musste zugeben, dass dies nicht die Michelle Bradford war, die jeden Tag zur Arbeit in der Zeitungsredaktion erschien. In ihrer schicken Hose und dem kurzen Top sah sie eher aus wie Micki Bradford vom Schiff.

„Wohin gehst du, wenn du mit deiner Arbeit hier fertig bist?" Corrie schob sich einen Bissen in den Mund.

Michelle hustete und schluckte schwer.

„Ich hoffe nach Kairo."

Corries Augen wurden groß. „Nach Ägypten?"

Auch er nahm einen Bissen und nickte.

„Wow. Wie cool ist das denn?"

„Ich weiß noch nicht, ob ich den Auftrag bekomme. Aber ja, das wäre in der Tat cool." Er griff in seine Tasche und zog eine Karte heraus. „Hier sind meine Kontaktdaten. Schick mir eine E-Mail, wenn du magst. Dann versuche ich, den spaßigen Teil meines Aufenthalts mit dir zu teilen."

Ihre Augen funkelten begeistert. „Alles klar. Wie lange bist du dort?"

„Ich weiß es noch nicht. Vielleicht sechs Monate. Maximal neun. Es hängt davon ab, was ich vorfinde, wenn ich dort ankomme."

„Es muss toll sein, für die Arbeit in aller Welt herumzureisen."

„Mir gefällt es." Er begegnete Michelles Blick. Wie sollte er es ihr nur beibringen?

Eine Hupe ertönte draußen.

Corrie schob seine Karte in ihren Rucksack, drückte sich vom Tisch ab und beugte sich vor, um ihrer Schwester einen Kuss auf die Wange zu geben. „Ich bin zum Abendessen wieder da."

Michelle nickte und schaute ihrer Schwester nach, als sie durch den Flur ging. Erst als die Tür hinter ihr ins Schloss gefallen war, wandte sich Michelle wieder ihrem Essen zu.

„Sie ist schwer in Ordnung." Er widerstand dem Drang, seine Hand auszustrecken und ihre zu nehmen.

„Meistens schon. Ja. Auch wenn ich mir ein bisschen Sorgen mache. Die meisten Kinder haben Eltern. Manche sogar zusätzliche Stiefeltern. Und sie hat nur mich."

„Mach dich nicht kleiner, als du bist. Du hast dich wundervoll um sie gekümmert. Es war bestimmt nicht immer einfach.“

„Ich muss zugeben, dass es Zeiten gegeben hat, in denen ich nicht wusste, was ich tat. Aber ich hatte Beth. Und Steven.“ Sie erhob sich mit einem Teller in beiden Händen.

„Tut mir leid.“

Sie schüttelte den Kopf. „Schon in Ordnung. Mir ist gestern etwas klar geworden. Als Steven mich verlassen hat, hat er behauptet, ich wolle ihn nicht wirklich heiraten. Dass ich in die Idee verliebt sei, verliebt zu sein und zu heiraten. Und wieder eine Familie zu haben.“ Sie stellte die Teller in die Spüle und drehte sich zu ihm um. „Er hat recht. Ich war nur wütend, weil kein Happy End mehr für mich in Sicht war. Und weil ich keine beste Freundin mehr hatte. Keinen Verlobten. Aber ich war nicht traurig darüber, Steven als zukünftigen Ehemann zu verlieren.“

Er wollte die Hand ausstrecken und sie in seine Arme ziehen. Die Stelle hinter ihrem Ohr küssen, was sie jedes Mal schwach werden ließ. Aber das war es nicht, was sie brauchte. Nicht jetzt. Stattdessen räumte er den Tisch weiter ab und reichte ihr das Geschirr.

„Danke.“ Sie drehte das Wasser auf und begann abzuspülen. „Ich hatte vorher nicht darüber nachgedacht, aber ich glaube, ich hätte so kurz nach der Trennung nicht mit dir zusammen sein können, wenn ich wahre Gefühle für Steven gehabt hätte. Weißt du, was ich meine?“

Er nickte. Mit Micki hatte er vielleicht für eine Weile Spaß gehabt, aber Michelle war eine Frau, mit der man für immer zusammenblieb. „Es muss besonders hart gewesen sein, dass er deine beste Freundin geheiratet hat.“

„Diese Tatsache schmerzt noch immer. Aber wenn ich ehrlich zu mir bin, trifft auch mich eine gewisse Schuld. Bevor ich mir Zeit genommen habe, um darüber nachzudenken, war mir nicht bewusst gewesen, wie oft ich Steven abgewimmelt und Beth gebeten habe, für mich einzuspringen."

„Aber du hattest wohl kaum vorgesehen, dass sie ihn heiratet." Er reichte ihr Besteck vom Tisch.

Sie stieß ein trockenes Lachen aus. „Nein. Aber ich habe nicht genug in die Beziehung investiert. Ich glaube, Beth und Steven haben mehr Zeit miteinander verbracht als er und ich. Ich weiß nicht mehr, wie viele Partys ich früh verlassen und Steven und Beth gebeten habe zu bleiben. Zu den Bankgalas konnte ich nicht, zu den Banketts habe ich Beth geschickt, damit ich zu Meetings des Eltern-Lehrer-Verbundes oder Elternabenden gehen konnte. Ich wollte Corrie nicht den falschen Eindruck von Liebe und Dates vermitteln, also habe ich mich an die gleichen Regeln gehalten, die für Teenager gelten. Ich war immer spätestens um elf zu Hause, habe nicht getrunken, außer ein bisschen an Silvester. Ach, ich könnte noch unzählige weitere Dinge auflisten."

„Du klingst äußerst verständnisvoll."

Sie hob eine Schulter. „Nun, vor ein paar Woche sah das noch anders aus."

„Und jetzt?"

„Es tut immer noch weh. Aber nicht mehr so wie am Anfang."

Als alle Teller und das Besteck abgespült und in der Maschine verstaut waren, suchte Kirk nach einer Möglichkeit, die Arbeit zur Sprache zu bringen. Stattdessen beschnitt er die Hecke, tauschte das Scharnier an einem schiefen Tor aus und richtete die Kette an einer überlaufenden Toilettenspülung. Er wollte gerade den Verschluss eines defekten Küchenschranks ersetzen, als Michelle sich vorbeugte und einen Schraubenzieher vom Boden aufhob. Er musste damit aufhören.

Eine halbe Stunde später lagen sie aneinandergeschmiegt auf der Couch, schauten einen uralten Film im Fernsehen, und er hatte ihr immer noch nichts von ihrem Job gesagt.

„Ist das dein Telefon?", murmelte sie.

Er nickte, als er entfernt den bekannten Klingelton wahrnahm. Er hatte sein Handy in der Küche liegen gelassen. Da er Michelle nicht loslassen wollte, beschloss er, dass der Anrufer es noch einmal zu einer normalen Arbeitszeit versuchen könnte.

„Vielleicht solltest du schauen, wer es ist."

„Mm, vielleicht", erwiderte er zögerlich. Das Klingeln hörte auf, doch dann erklang *Boléro* von Ravel erneut.

„Es ist auf jeden Fall ein hartnäckiger Anrufer." Michelle tätschelte ihm die Hand und schob ihn sanft weg.

Er durchquerte den Flur, nahm den Anruf entgegen und ging zurück Richtung Wohnzimmer. „Hallo."

„Kirk?" Die verängstigte Stimme klang jung und nervös.

„Corrie?"

„Pssst. Michelle soll nicht wissen, dass ich es bin."

Er machte im Türrahmen kehrt. „Was ist los?"

„Nichts. Ich meine, na ja …"

„Spuck es aus. Was ist passiert?"

„Ich bin im Gefängnis."

„Ich verstehe es nicht. Warum hat sie dich angerufen?" Michelle griff eilig nach ihren Schuhen.

Kirk hatte keine Antwort, zumindest keine, die ihr gefallen würde. „Vielleicht glaubt sie, dass du es nicht verstehen würdest?"

Sie wedelte mit dem Schuh in der Luft herum, bevor sie ihn anzog. „Aber du schon?"

„Ich bin nicht ihre Mutter."

„Das bin ich auch nicht."

„Aber du bist ihre Erziehungsberechtigte."

„Ich verstehe trotzdem nicht, warum sie dich angerufen hat. Sie kennt dich kaum." Michelle zog ihren Mantel an und hängte sich ihre Handtasche über die Schulter.

„Ich fahre." Kirk war nur ein paar Schritte hinter ihr.

Sie drehte sich um. „Ich kann fahren."

Er hob abwehrend die Arme und trat einen Schritt zurück. In manchen Situationen musste man nachgeben. „Alles klar. Du kannst fahren."

Er ging auf die Beifahrerseite, während Michelle einstieg und den Motor anließ. „Was hat sie sonst gesagt?"

„Nur sehr wenig." Kirk schnallte sich an. „Irgendein Junge namens Billy …"

„Webb?"

„Das hat sie nicht gesagt. Nur, dass er eine Flasche mitgebracht hat und zu betrunken war, um zu fahren. Sie haben gerade diskutiert, wer Billy nach Hause bringt, als die Polizei aufgetaucht ist und sie mit auf die Wache genommen hat."

„Ach, das gefällt mir gar nicht." Michelle umklammerte das Lenkrad. „Warum haben sie tagsüber an einem Sonntag getrunken, mitten auf einem Feld, mitten im Winter?"

„Eine Party ist eine Party. Besonders, wenn man jung ist. Du weißt doch bestimmt noch, wie das ist, dieses frustrierende Alter zwischen Kindheit und Erwachsensein. Man braucht die Ratschläge seiner Eltern nicht mehr, aber laut Gesetz schon."

„Ich habe mich nicht auf Feldern betrunken, als ich

in der Highschool war. Mom hat immer gesagt, wenn du Drogen oder Alkohol brauchst, um dich zu amüsieren, bist du am falschen Ort mit den falschen Leuten. Und ich habe ihr geglaubt."

Zu dem Zeitpunkt, als sie vor der Polizeiwache parkten, war Michelle noch aufgewühlter. Sie machte sich größere Sorgen um ihre Schwester als jemals zuvor.

„Ich bin hier, um Corrine Bradford abzuholen." Michelle stand am Empfangstresen.

„Bradford", wiederholte der Polizist. „Da haben wir es ja. Illegales Autorennen und Alkohol."

Michelles Gesicht wurde blass.

Kirk legte seine Hand auf ihre und drückte sie ermutigend.

„Der Besitzer des Grundstücks will keine Anzeige erstatten. Und offenbar hat Miss Bradford nichts getrunken."

Michelle legte sich eine Hand auf den Bauch und nickte.

„Wenn Sie dort drüben Platz nehmen würden. Miss Bradford wird gleich rausgebracht." Der Beamte deutete auf eine Reihe Holzbänke am anderen Ende des Raumes.

Kirk legte Michelle eine Hand auf den Rücken und ging neben ihr her. „Geht es dir gut?"

„Es ging mir schon besser." Sie setzte sich.

Corrie hatte das Autorennen am Telefon nicht erwähnt. Natürlich war das Gespräch aber auch sehr kurz gewesen. Das würde auch erklären, warum sie ihre Schwester nicht hatte anrufen wollen.

Michelle starrte mit leerem Blick zu der Doppeltür in der Nähe des Empfangs. „Corrie ist alles, was ich habe."

„So ist es eben, wenn man in einer Kleinstadt aufwächst." Zumindest hoffte er das. In dem Vorort von San Francisco, wo er groß geworden war, hatte es nicht viele Felder gegeben, die eine Versuchung für gelangweilte Teenager hätten darstellen können.

„Ich weiß es nicht." Wieder legte sie sich eine Hand auf den Magen.

Ehe er ihr anbieten konnte, ein Glas Wasser zu holen, um ihre Nerven zu beruhigen, trat ein stämmiger Polizist vor sie.

Corrie stand neben ihm und sah betrübt aus. „Es tut mir so leid."

„Das sollte es auch." Michelle erhob sich. „Ich dachte, das hätten wir hinter uns. Du hast mir versprochen …" In der nächsten Sekunde riss Michelle erschrocken die Augen auf und stieß Corrie aus dem Weg. Dann übergab sie sich auf den Boden und auf die glänzenden Schuhe des stämmigen Polizisten.

„Ich wollte nicht, dass sie sich derart aufregt. Aber ich muss zugeben, dass ein wenig von der Anspannung von mir abgefallen ist, als sie sich übergeben hat." Corrie ließ einen Teebeutel in einen Becher mit heißem Wasser gleiten.

„Glaub nicht, dass sie dich so einfach davonkommen lässt." Kirk lehnte sich an die Arbeitsplatte. „Wenn sie erst mal vergessen hat, wie peinlich es ihr war, sich auf die Schuhe des Polizisten zu übergeben, wird sie Antworten von dir verlangen."

Corrie seufzte schwer. „Ich weiß. Aber ich habe bei dem Autorennen nicht mitgemacht. Ich hab nur zugesehen."

„Und du hast auch nicht getrunken, sondern nur zugesehen?"

Sie hob eine Schulter und legte den durchtränkten

Teebeutel zur Seite.

„Corrie." Er konnte nicht glauben, dass ausgerechnet er einem Teenager einen Vortrag über Vorsicht hielt. „Du kannst froh sein, dass man dich nur auf die Polizeiwache geschleppt hat und nicht in die Leichenhalle, um einen Freund zu identifizieren, der bei hundertfünfzig die Kontrolle über sein Auto verloren hat."

„Das möchte ich mir nicht ausmalen." Sie gab Zucker in ihren Tee und rührte um.

„Aber so ist das Leben. Solche Dinge geschehen. Wir müssen jedoch nicht das Risiko erhöhen, indem wir unüberlegt handeln."

„Ich hab dir doch gesagt, dass ich nicht im Auto war."

Er schaute sie prüfend an.

Corrie ließ die Schultern hängen, und auf einmal schien jeder Widerstand gebrochen. „Mein Leben ist so langweilig. Ich wollte nur ein bisschen Spaß haben."

„Du kannst dein ganzes Leben lang Spaß haben. Versuch nicht, das Schicksal herauszufordern."

Corrie griff nach der Tasse und schaute zu ihm auf. „Sie wird mich umbringen, oder?"

„Sag ihr, wie du dich fühlst. Vielleicht wirst du am Ende ja überrascht. Ich wette, sie versteht dich besser, als du denkst."

„Falls du dich täuschst, will ich, dass *Cartoon Song* von Chris Rice auf meiner Beerdigung gespielt wird." Ohne auf seine Antwort zu warten, drehte sie sich um und ging ins feindliche Territorium, ohne Waffen, lediglich mit einer Tasse Tee als Friedensangebot.

Erneut überkamen ihn Schuldgefühle. Zum ersten Mal in seiner Karriere hasste er seinen Job. Er stieß sich von der Arbeitsplatte ab und folgte Corrie ins andere Zimmer.

Michelle hatte sich einen nassen Waschlappen auf

die Stirn gelegt und sah immer noch blass aus. Nun war definitiv nicht der richtige Zeitpunkt, um ihr von ihrer bevorstehenden Entlassung zu erzählen. Er konnte es wahrscheinlich getrost noch ein paar Tage aufschieben. Auch wenn es natürlich nicht besser war, seinen Job am Mittwoch zu verlieren statt am Montag. Aber vielleicht würde bis dahin ein Wunder geschehen.

KAPITEL 14

In ihrem nächsten Leben würde Michelle eine Katze sein. Dann könnte sie jeden Montagmorgen ausschlafen. Oder vielleicht ein Faultier. Verbrachten sie nicht ihr ganzes Leben damit, in Bäumen zu hängen? In warmen Ländern?

Als sie erst ein Auge und dann das andere öffnete, fiel ihr Blick auf den Wecker. Sie hätte vor einer halben Stunde aufstehen müssen. Der gestrige Tag hatte sie wohl mehr mitgenommen, als sie gedacht hatte, denn im Moment fühlte sie sich, als wäre sie von einem Lastwagen überrollt worden.

Corrie steckte den Kopf zur Tür herein. „Brittany holt mich heute früher ab. Wir haben Spanisch-AG vor der ersten Stunde.“

Michelle setzte sich auf, um zu antworten, doch ihr drehte sich der Magen um.

„Hey.“ Corrie kam ins Zimmer geeilt. „Geht es dir gut?“

Michelle drückte den Kopf zwischen ihre Knie und murmelte: „Erinnere mich im nächsten Jahr daran, mich endlich gegen Grippe impfen zu lassen.“

„Ach, Schwesterherz.“ Corrie legte ihre Hand an Michelles Stirn. „Du hast kein Fieber. Vielleicht hast du nur was Falsches gegessen. Ich mache dir schnell eine Tasse Kamillentee. Dann fühlst du dich gleich besser.“

„Du kommst noch zu spät zu deiner AG.“

„Es dauert doch nur zwei Minuten. Spanisch kann lausige zwei Minuten warten." Mit diesen Worten verließ sie den Raum.

Hätte Michelle sich nicht so miserabel gefühlt, hätte sie gelacht. Das ganze Wochenende hatte sie sich Sorgen um Corrie gemacht, und nun bemutterte Corrie sie. Vielleicht musste sie tatsächlich loslassen. Zumindest ein bisschen.

Sie stand auf, atmete tief durch und wartete. Die Flut, die in ihrem Magen auf- und abwallte, schien sich beruhigt zu haben. Wenn das Glück auf ihrer Seite war, würde die Magenverstimmung, die dazu geführt hatte, dass sie sich gestern übergeben hatte und heute Morgen mit einem mulmigen Gefühl im Bauch aufgewacht war, ihren Lauf nehmen und schnell vorüber sein. Ihr Job stand auch so schon auf dem Spiel. Es war kein guter Zeitpunkt, um sich krankzumelden.

„Hier." Corrie reichte ihrer Schwester die Tasse. „Du siehst schon etwas besser aus."

„Danke." Sie nahm den Tee und winkte ihre Schwester aus dem Zimmer. „Los. Du willst doch nicht zu spät kommen."

„Setz dich nicht unter Druck. Wenn du dich nicht wohlfühlst, bleib zu Hause."

„Ja, Mutter."

Corrie verdrehte die Augen und eilte hinaus.

Ab heute würde Michelle ihrer Schwester ein bisschen mehr Freiraum geben, um ihre Flügel auszubreiten.

Nach einem Schluck von dem Tee rannte Michelle ins Bad. Was auch immer in Michelles Magen verblieben war, kam wieder hoch. „Verdammt. Ich kann jetzt nicht krank werden."

Um den schlechten Geschmack zu vertreiben, ließ sie von der Toilette ab und suchte im Schrank unter dem Waschbecken nach Mundwasser. Seife,

Wattestäbchen, Babyöl, Tampons, Shampoo. Wo zur Hölle war die Mundspülung? Slipeinlagen, Nagellackentferner, Wattepads, noch eine Packung Tampons. Wie viele Tampons brauchte eine Frau eigentlich?

Und auf einmal traf es sie wie der Schlag. Verdammt!

Michelle war der festen Überzeugung, dass es nichts Unbequemeres gab als allein in einem Zehn-Quadratmeter-Badezimmer zu sitzen, nichts als einen dünnen Bademantel zu tragen und zu wissen, dass man bald mit gespreizten Beinen auf einem Untersuchungsstuhl liegen würde. Das einzig Positive, was ihr heute widerfahren war, war die Tatsache, dass Mrs Gillimore ihren Termin um elf Uhr bei Dr. Simms abgesagt hatte. Es war nicht so, als würde Michelle dem Schwangerschaftstest, den sie auf der Toilette in der Drogerie gemacht hatte, nicht trauen, aber nichts war wirklich offiziell, bis eine Gynäkologin es bestätigte.

„Nun, das ist eine Überraschung." Die kleine stämmige Ärztin schloss die Tür hinter sich. „Ich habe nicht damit gerechnet, Sie so bald nach ihrer Hochzeitsreise wiederzusehen." Dr. Simms war wahrscheinlich die einzige Frau im Ort, die noch nichts davon gehört hatte, dass Michelle allein gereist war. Und nun war sie die Erste, die herausfinden würde, dass sie auf der besagten Reise doch nicht so einsam gewesen war. „Sie haben recht. Der Test ist positiv. Sie sind definitiv schwanger."

Zum ersten Mal in ihrem Leben verstand Michelle, was die Leute meinten, wenn sie behaupteten, sie wüssten nicht, ob sie lachen oder weinen sollen.

„Lassen Sie uns gleich einen Termin für eine

Unterschalluntersuchung vereinbaren."

Kinder zu bekommen, hatte immer zu ihrem Lebensplan mit Steven gehört.

„Dann können wir den Geburtstermin genauer bestimmen."

Eines Tages.

„Ich bin mir sicher, ich muss Ihnen nicht erklären, wie wichtig es ist, sich in der Schwangerschaft gesund zu ernähren."

Aber nicht jetzt.

„Sie können das Rezept für Schwangerschaftsvitamine vorne am Empfang abholen."

Und nicht ohne Vater.

„Also. Sollen wir nach einem Datum schauen?"

Dr. Simms hätte ebenso gut Griechisch sprechen können. Zwanzig Minuten später hatte Michelle eine Plastiktüte voller Broschüren in der Hand, in denen alles erklärt wurde, was werdende Mütter wissen mussten, jedoch keine Erinnerung daran, was die nette Ärztin gesagt hatte. Abgesehen von *Sie sind definitiv schwanger.*

„Hier ist Ihr Rezept." Die Sprechstundenhilfe reichte Michelle einen Zettel. „Es ist wichtig, dass Sie die Vitamine jeden Tag nehmen, so wie Dr. Simms Ihnen gewiss erklärt hat."

Michelle nickte und lächelte. Zumindest glaubte sie zu lächeln. Der überraschten Miene der Frau nach zu urteilen, konnte es auch sein, dass sie ihr Gesicht zu einer Fratze verzogen hatte.

„Ihre Beteiligung beträgt heute fünfundzwanzig Dollar."

Beteiligung. Versicherung. *Oh nein.* Wenn sie ihren Job verlieren würde, hätte sie auch keine Versicherung mehr. Wie viel kostete es, ein Baby ohne Versicherung zu bekommen? *Ein Baby. Wow.* Ihre Hand glitt unwillkürlich zum Bauch, und ein breites

Grinsen legte sich auf ihr Gesicht. „Ich bekomme ein Baby."

Die Sprechstundenhilfe lächelte höflich. „Ja, das stimmt."

Michelle, die sich auf einmal freute, drehte sich im Kreis und rief der Frau zu, die sich gerade dem Tresen näherte: „Ich bekomme ein Ba…"

„Ja." Beth, die Frau des Betrügers, nickte. „Das habe ich gehört."

Es war heute Morgen schon das vierte Mal, dass Kirk einen Grund dafür fand, unauffällig an Michelles Schreibtisch vorbeizugehen. Und achtmal schon hatte er auf sein Telefon geschaut. Er hatte ihre Nummer bewusst nicht abgespeichert. Und warum sollte er auch? Sie war eine Mitarbeiterin. Eine lockere Liaison. *Verdammt.*

„Pam?"

Die geschäftige rothaarige Frau schaute auf. „Ja, Mr McEntire?"

„Wo ist Michelle?"

„Sie hat einen Termin." Ihre Miene war nicht zu deuten.

„Ist etwas mit ihrer Schwester?"

Pam schüttelte den Kopf, ihr Gesicht immer noch ausdruckslos. „Sie hat nichts Genaueres gesagt. Kann ich Ihnen irgendwie helfen?"

„Nein. Ich dachte nur, es ginge um Corrie."

Pam schüttelte wieder den Kopf.

„Sie ist ein wohlgeratenes Kind, auch wenn sie manchmal Dinge ausheckt."

Diesmal lächelte Pam. „Michelle hat alles richtig gemacht."

„Mm." Mit dem üblichen knappen Nicken verschwand er wieder in seinem Büro. Alles lief aus dem Ruder. Er sollte sich keine Sorgen über die Stellen machen, die er streichen musste. Besonders nicht über den Job einer bestimmten Person. Und sich Sorgen um ihre Familie zu machen, war absurd. Warum ging es ihm also nicht aus dem Kopf? Er sorgte sich nicht. Niemals.

Halb eins. Halb elf in Kalifornien. Er wählte die bekannte Nummer.

„Griffin hier."

„Was hat Rover mittlerweile noch alles gefressen?"

„Zwei Anrufe während eines Auftrags? Wie komme ich zu der Ehre?"

„Sehr witzig." Kirk warf einen Blick zur Tür, als könnte er Michelle herbeibeschwören.

„Nichts."

„Wie bitte?"

„Das war die Antwort auf deine Frage, was Rover gefressen hat. Nichts. Wir haben ihm ein Seil gekauft und einen riesigen Knochen, der fast so groß ist wie er selbst. Offenbar schmeckt beides besser als meine Schuhe."

„Das freut mich. Und Deb? Wie geht es ihr?"

Dave hielt inne, bevor er langsam antwortete. „Es geht ihr gut. Ist irgendwas?"

„Nein. Dieser Job ist nur … anders als alle bisherigen Aufträge."

„Inwiefern?"

„Ich habe die Leute kennengelernt."

„Die Leute?" Dave sprach das letzte Wort aus, als hätte er behauptet, Marsianer und keine Menschen kennengelernt zu haben.

Kirk griff nach einem Bleistift. „Eine Person im Besonderen. Und ihre Schwester."

„Ich verstehe."

„Die Schwester, Corrie, ist in einem Alter, wo sie alles selbst entscheiden will, aber vor dem Gesetz noch nicht darf. Das bereitet Michelle Schwierigkeiten.“

„Michelle?“

„Die Mitarbeiterin.“ Kirk drehte den Bleistift zwischen seinen Fingern.

„Wie alt ist die Schwester?“

„Siebzehn.“

„Und du kommst gut mit ihr klar?“ Dave klang verwirrt.

„Sie ist nett. Manchmal ein bisschen rebellisch, aber ja, wir kommen gut miteinander aus.“

„Ich verstehe.“

„Ich habe am Samstag die Nachricht erhalten, dass Michelles gesamte Abteilung auf der Abschussliste steht.“

Dave stieß einen scharfen Pfiff aus. „Autsch.“

„Ich habe fast die ganze Nacht damit verbracht, alle Zahlen noch einmal nachzurechnen. Es könnte sinnvoll sein, in der Übergangsphase eine Person in der Abteilung zu belassen. Das verschafft uns mindestens einen Monat, oder auch zwei.“

„Uns?“

„Ihr. Aber mehr kann ich ihr nicht bieten. Ehrlich gesagt bin ich nach allem, was passiert ist, nicht sicher, ob ich das Unternehmen überhaupt retten kann.“

„Okay, wer bist du, und was hast du mit Kirk McEntire gemacht?“

„Ich meine es ernst.“ Der Bleistift zerbrach.

„Ich auch. Lloyd McEntire zweifelt nicht an seinen Fähigkeiten. Und er hat auf keinen Fall Lust auf eine Frau mit Kindern. Oder einer minderjährigen Schwester. Du bist Dauersingle und ständig auf der Suche nach einem neuen Flirt.“

„Sie ist anders.“

„Ich verstehe.“

„Hör auf, das ständig zu wiederholen."

„Tut mir leid, Kumpel. Aber ich freue mich, dir, Lloyd Kirk McEntire Junior, mitteilen zu dürfen, dass du verliebt bist." Dave bemühte sich nicht einmal, das Schmunzeln in seiner Stimme zu verbergen. „Und zwar bis über beide Ohren."

Michelles Blick fiel auf Beths Bauch. Ohne Mantel war Beths zierlicher Gestalt die kleine Wölbung deutlich anzusehen. „Du bist schwanger?"

Den Tränen nahe, brachte Beth ein leichtes Nicken zustande.

Lieber Himmel. Wie lange waren Beth und Steven schon zusammen? Michelle rechnete schnell nach, wie lange es her war, dass sie mit Steven geschlafen hatte. Die Hochzeit hätte vor einem Monat stattfinden sollen. Und in den Wochen vor einer Hochzeit gab es so viel zu organisieren. Einen Monat zuvor hatte Corrie Homecoming-Ball gehabt. Zu Schulbeginn gab es auch immer einiges zu tun. Und während der Sommerferien war Corrie viel zu Hause gewesen. Verdammt, sie wusste es einfach nicht mehr. Kein Wunder, dass er sich eine andere gesucht hatte.

„Wie weit bist du?"

„Mein Termin ist der fünfundzwanzigste Mai."

Beth war im vierten Monat. Wie konnte Michelle all das nur entgangen sein? Dass sich zwischen den beiden Menschen, denen sie am nächsten stand, drei Monate vor der Hochzeit etwas verändert hatte? Sie wich einen Schritt zurück und legte sich eine Hand auf ihren flauen Magen. „Herzlichen Glückwunsch, aber ich muss jetzt gehen."

„Warte." Beth hielt Michelle am Arm fest. „Ich

muss es wissen. Wie weit bist *du*?"

Michelle schaute auf Beths Hand hinunter. Sie konnte sich nicht mit alledem auseinandersetzen. Nicht hier. Nicht jetzt. „Tut mir leid. Ich muss los."

Mit diesen Worten ließ sie Beth in der Arztpraxis stehen. Sie dachte abwechselnd darüber nach, wie sie so blind hatte sein können, dass die Pille offenbar tatsächlich keinen hundertprozentigen Schutz bot, und wie sehr sie sich freute, ein Baby zu bekommen. Doch immer wieder kamen ihr die Worte *Was jetzt* in den Sinn.

Diese Frage beantwortete sie sich selbst, als sie – ob es nun Schicksal oder reine Gewohnheit war – vor dem Gebäude der Tribune parkte. Es wäre gut für sie. Die Arbeit würde sie ablenken und ihr Zeit verschaffen, alles zu verdauen. Um nachzudenken. Oder nicht zu denken.

Und um Kirk zu sehen. Eine Welle der Panik durchfuhr sie. Was sollte sie ihm sagen? Sie verlangsamte ihre Schritte und überlegte, ob sie doch nicht zur Arbeit gehen sollte. Vielleicht wäre es besser, sich auch den Rest des Tages freizunehmen. Nein. Sie arbeitete schon seit mehr als zwei Wochen mit Kirk zusammen, ohne das anzusprechen, was zwischen ihnen passiert war. Sie würde es auch schaffen, noch ein wenig länger mit ihm im gleichen Büro zu sein – und etwas anderes unter den Teppich zu kehren. Vielleicht.

Er sollte verliebt sein? Ja, Michelle war nett. Ja, er verstand sich gut mit ihrer Schwester. Ja, er wollte nicht, dass sie mittellos dastanden. Aber er war nicht in die Falle getappt.

Kirk tippte etwas in seinen Computer ein und öffnete die E-Mails. Er hatte sie heute noch nicht gecheckt, da er sich zu viele Gedanken über Michelles Abwesenheit gemacht hatte. Mittlerweile war sein Postfach mit Sicherheit überflutet. Zweiundsiebzig E-Mails. Und kein einziger Anwalt aus dem Ausland. Es schien bergauf zu gehen. Die Abteilungsberichte konnten abgelegt werden. Bürozubehör … löschen. Auflistung von Hausmeisterdienstleistungen … löschen. Bald war er dreißig E-Mails durchgegangen, die er entweder gelöscht oder beantwortet hatte. Doch die einunddreißigste ließ ihn nach Luft schnappen.

Wir freuen uns, Ihnen mitteilen zu dürfen, dass wir Ihre Bewerbung für unser anstehendes Projekt erhalten haben und Ihnen den Auftrag gern erteilen möchten.

„Ja!" Kirk boxte in die Luft und überflog den Rest der E-Mail. Eine Unterkunft würde man ihm bezahlen. Ebenso wie ein Auto, einen Chauffeur und einen Dolmetscher. Alles wie erwartet. In zwei Monaten würde er nach Kairo aufbrechen.

Er hatte es geschafft. Ein internationales Projekt. Bald wäre er einer von den ganz Großen.

Wieder glitt sein Blick zur Tür. Warum kam ihm Kairo auf einmal so abwegig vor?

KAPITEL 15

Während der kurzen Fahrt im Aufzug gab es so vieles, worüber sie nachdenken musste. Michelles To-do-Liste war mit einem Mal unermesslich lang geworden. Ganz oben stand, dass sie sich überlegen musste, was sie Lloyd Kirk McEntire Junior erzählen sollte.

„Ich wusste nicht, dass du heute noch kommst", flüsterte ihr Pam von hinten ins Ohr. „McEntire geht auf und ab wie ein Löwe im Käfig. Wo warst du?"

Michelle erstarrte. Er hatte doch nicht etwa die gleichen Rückschlüsse gezogen wie sie heute Morgen. War das möglich? Nein. Am Ende war es nicht so schlimm gewesen, sich über den Schuh des Beamten zu übergeben. Er hatte ihr versichert, dass sie nicht die Erste gewesen war und auch nicht die Letzte sein würde.

Sie ging auf ihren Schreibtisch zu. „Warum ist er denn so nervös?"

„Es gibt da etwas, das du wissen solltest." Pam lehnte sich mit der Hüfte an Michelles Schreibtisch.

„Wenn es keine guten Nachrichten sind, will ich es auf keinen Fall wissen."

Pam, die heute in Neongrün gekleidet war, schaute sich im Büro um und beugte sich dann näher zu ihr heran. „Niemand hört gerne schlechte Nachrichten, aber es geht um deinen Job, Schätzchen."

Verflucht. „Ich muss mich erst setzen. Okay, was?"

„Deine Abteilung wird aufgelöst und der nationalen Anzeigenabteilung übertragen. McEntire hat es am Samstag erfahren."

Wieder drehte sich ihr der Magen um, und Michelle betete, dass Pams Schuhe nicht die nächsten Opfer werden würden.

„Erst heute Morgen", fuhr Pam fort, „hat Harmon angerufen, um mir mitzuteilen, dass McEntire dem Gremium neue Berechnungen geschickt hat, und du bist die Einzige, der es nicht an den Kragen geht."

„Die Einzige?"

„Du wirst deine Stelle behalten und sollst den Übergang leiten. Zumindest hat dir Mr Hackebeil ein paar weitere Monate Arbeit verschafft."

„Hat er das?" War sein schlechtes Gewissen der Grund dafür? „Was ist mit Jolee?"

Pam schüttelte den Kopf.

„Aber sie ist schon zehn Jahre länger hier beschäftigt."

Pam zuckte mit den Schultern.

Michelle rümpfte die Nase. Sie hätte heute Morgen im Bett bleiben sollen.

„Mist", murmelte Pam neben ihr.

„Was ist jetzt schon wieder los?" *Will ich es wirklich wissen?*

„Der Betrüger steigt gerade aus dem Aufzug und kommt in unsere Richtung. Er sieht wütend aus."

„Klasse." Jetzt wäre ein guter Zeitpunkt für die Erde, zum Stillstand zu kommen, damit sie abspringen konnte.

Steven ignorierte Pam und stürmte auf Michelle zu. „Alles okay?"

„Alles bestens."

„Dann müssen wir uns unterhalten."

„Nicht jetzt. Ich fühle mich nicht gut."

„Ich weiß. Beth hat mich angerufen."

Das war keine Überraschung. „Ich muss arbeiten. Und mein Schreibtisch ist kein geeigneter Ort für diese Unterhaltung.“

„Dann mach eine Pause. Es ist wichtig.“

Pam hatte recht gehabt. Michelle hatte Steven noch nie so entschlossen gesehen.

„Ich habe dir doch gesagt“, sie griff nach einem Ordner, „dass jetzt kein guter Zeitpunkt ist.“

Steven verschränkte die Arme vor der Brust und lehnte sich neben Pam an den Schreibtisch. „Dann reden wir, während du arbeitest, aber ich kann nicht einfach wieder gehen, ohne mich zu vergewissern, dass es dir gut geht. Du bist mir immer noch wichtig. Ist *Wer-auch-immer* für dich da?“

Jetzt machte er sich Sorgen, dass sie allein war?

„Du bist nicht mehr für mich verantwortlich. Geh nach Hause zu deiner Frau.“

Wie eine schmächtige Person, die zwischen zwei kräftigen Menschen im Bus eingequetscht wurde, drehte Pam den Kopf von links nach rechts und betrachtete die beiden abwechselnd.

Die Türen des Aufzugs öffneten sich mit einem *Ping*, und alle drei Köpfe drehten sich in die entsprechende Richtung.

Michelle ächzte. Das hatte ihr gerade noch gefehlt. Beth. Wenn die Frau wieder in Tränen ausbrach, würde Michelle unter ihren Schreibtisch kriechen.

Beth nickte Pam lächelnd zu und funkelte Steven wütend an, ehe sie sich an Michelle wandte. „Ich hab versucht, dich anzurufen, aber dein Handy ist ausgeschaltet.“

Michelle wühlte in ihrer Tasche herum und fand ihr Handy. „Verdammt.“

„Ich hab dir ein paar Sachen mitgebracht.“ Als wäre sie auf einer Mission, öffnete Beth den Jutebeutel, der an ihrem Arm hing, und begann auszupacken. „Ich hab mir gedacht, du hast deine Mittagspause sicherlich zugunsten des Arzttermins ausfallen lassen, also hab ich dir was zu essen besorgt.“

Wie die Kinder aus *Mary Poppins* sahen Pam, Steven und Michelle zu, wie Beth eine Sache nach der anderen aus ihrer Tasche zog.

Sie stellte ein Getränk vor Michelle auf den Tisch. „Das ist ein Vanille-Milchshake. Du brauchst Kalzium.“ Als Nächstes folgte eine Brotdose. „Ein Thunfisch-Sandwich. Perfektes Essen fürs Gehirn.“

„Sie hat ein perfekt funktionierendes Gehirn.“ Pam schaute Beth an, als hätte die Frau ihr soeben verkündet, sie sei von einer Mondfahrt zurückgekehrt.

„Nicht für ihr Gehirn. Für das des Babys.“

Pam blieb der Mund offen stehen. Ihr Blick huschte zu Michelles flachem Bauch, dann zu Beth und schließlich zu Steven. Der zumindest den Anstand hatte, unter der strengen Musterung ein Stück zurückzuweichen.

„Ich weiß, was Sie denken“, sagte Beth zu Pam. „Ich war am Boden zerstört, als ich es erfahren habe. Obwohl Steven und ich nur einmal miteinander geschlafen haben, und zwar aus Versehen …“

„Sie hatten aus Versehen Sex?“ Diesmal schaute Pam Beth an, als wäre sie tatsächlich gerade vom Mond zurückgekehrt. Steven, der neben ihr stand, stöhnte nur.

„Lange Geschichte.“ Beth winkte ab. „Der Punkt ist, dass auch seine Lüge wehtat – dass sie angeblich seit Monaten nicht mehr miteinander geschlafen haben, und nun ist sie schwanger.“ Beth drehte sich zu Michelle um. „Und dann habe ich erkannt, ganz egal, was ich geglaubt habe, wie du dich fühlst, der schreckliche Schmerz, den ich heute Morgen empfunden habe, war genau das, was du empfunden haben musst. Also bin ich zu dem Schluss gekommen, dass unsere Babys das Wichtigste sind. Wir haben so viel seit dem Kindergarten zusammen durchgestanden, wir können auch das durchstehen." Beth lehnte sich mit einem zufriedenen Lächeln zurück.

Sie hatte den Verstand verloren, das war die einzige Erklärung. Oder vielleicht würde Michelle sich im Bett wiederfinden, wenn sie die Augen fest schloss und wieder öffnete. Das alles musste ein absurder Traum sein.

Als sie die Augen öffnete, lehnte sich Beth wieder nach vorn. „Sie werden fast so sein wie Zwillinge. Nur, dass sie einen Vater und zwei Mütter haben."

Steven drückte sich vom Schreibtisch ab und wedelte mit den Armen vor seiner Frau herum. „Würdest du mir endlich zuhören? Ich bin nicht der Vater."

Pam öffnete den Mund, um etwas zu sagen, aber in dem Moment trat Kirk neben Steven und schaute von einer Person zur anderen.

Michelle ließ den Kopf fallen und vergrub das Gesicht in ihren Armen. „Erschießt mich einfach."

Was zur Hölle? Kirk hatte zwar gehofft, Michelle an ihrem Schreibtisch vorzufinden, aber er hatte nicht damit gerechnet, dass sich eine ganze Gruppe dort versammelt hatte. Besonders nicht der Betrüger. „Was ist hier los?"

Michelle hob den Kopf gerade weit genug, um ihn anzuschauen. „Sie sind alle durchgedreht. Ignorier sie einfach." Dann ließ sie ihren Kopf wieder fallen.

„Nun", setzte Pam an, „Beth hat gerade verkündet ..."

„Bei allem Respekt", unterbrach Steven, „das ist eine private Angelegenheit und geht Sie nichts an."

„Das ist sein Büro." Die zierliche brünette Frau, die offenbar Beth war, deutete mit dem Daumen über die Schulter auf Kirk. „Wenn Michelle sich einen Tag krankmelden muss, dann hat das Auswirkungen auf ihren Job."

Kirk ignorierte bewusst ihren Ex und trat näher an Michelle heran. „Bist du krank?", flüsterte er.

„Nein", murmelte sie und richtete sich wieder auf. „Und ich hab eine Menge Arbeit zu erledigen, also würdet ihr bitte gehen?"

Als sei dies der Startschuss gewesen, begannen nun alle gleichzeitig zu reden.

Erschrocken über den plötzlichen Geräuschpegel hatte Kirk Mühe zu begreifen, was vor sich ging.

Pam stemmte ihre Hände in die Hüften. „Wie konnten Sie nur?", fuhr sie Beth an.

Beth wiederum wiederholte immer wieder: „Wir müssen leiser reden."

Und der Betrüger beharrte darauf, dass er es nicht gewesen sei. Wovon auch immer er sprach.

Das Chaos nahm seinen Lauf. Alle redeten durcheinander. Kirk gelang es, herauszuarbeiten, dass Pam wütend war, Beth besorgt war, der Ex seine Unschuld beteuerte und dass Michelle, die angeblich Proteine brauchte, am liebsten geflohen wäre.

Er legte die Finger an seine Lippen und pfiff laut. „Das reicht!"

Da die laute Versammlung schon mehr Aufmerksamkeit bekam, als in einem seriösen Büro angebracht war, senkte er die Stimme. „Irgendjemand erklärt mir nun sofort, was vor sich geht, sonst rufe ich die Security und lasse alle nach draußen begleiten."

Pam wagte es tatsächlich, ihm einen bösen Blick zuzuwerfen, ehe sie Michelle einen Arm um die Schultern legte und fragte: „Ist es wirklich wahr, Schätzchen? Hat dich der Betrüger geschwängert?"

Kirk blieb der Mund offen stehen.

Alle anderen starrten sie nur erwartungsvoll an.

„Nein." Sie griff nach einem Stift. „Würdet ihr jetzt bitte alle gehen?"

„Nein?", fragte Beth, eindeutig verwirrt.

Pam dagegen sah erleichtert aus, während der Betrüger nur selbstzufrieden dreinschaute.

„Ich schwöre es", versicherte Michelle.

„Aber wenn das Kind nicht von Steven ist, von wem ist es dann?", fragte Beth.

Das war das letzte Puzzleteil, das Kirk benötigt hatte. „Du bist wirklich schwanger?"

„Schauen Sie." Steven sah nun nicht mehr selbstzufrieden aus, sondern wie ein Wachhund. „Das geht Sie wirklich nichts an. Wenn Sie uns alle ein paar Minuten allein lassen könnten?"

„Und ob es das tut." Er wandte sich von Steven ab und schaute Michelle an, die nun jegliche Farbe im Gesicht verloren hatte und sich die Hand an den Mund legte. „Musst du dich übergeben?"

In dem lauten Tumult war es offenbar niemandem aufgefallen, dass er sie geduzt hatte, was er im Büro sonst nur dann tat, wenn sie allein waren.

Mit schreckgeweiteten Augen nickte sie kaum merklich und schaute sich panisch nach einem Papierkorb um.

Beth streckte schnell den Arm aus und schob Michelle ein paar Cracker hin.

Ihr bereits aschfahles Gesicht wurde nun grün.

Kirk, der auf einmal glaubte, sie retten zu müssen, nahm sie in seine Arme und eilte mit ihr den Flur zur Toilette entlang, wo er Michelle in eine Kabine schob. Während sie, den Geräuschen nach zu urteilen, ihren gesamten Mageninhalt erbrach, griff er nach ein paar Papiertüchern und befeuchtete sie mit kaltem Wasser. Als es endlich still wurde, setzte er sich neben sie und die Toilette, zog sie an sich und wischte ihr den Mund mit einem trockenen Papiertaschentuch ab. Dann betupfte er ihre Stirn mit dem nassen Tuch. „Fühlst du dich besser?"

Michelle nickte an seiner Schulter.

Die beiden saßen einige Minuten lang einfach still da, bis Michelle begann zu kichern.

„Ich weiß nicht, was du so lustig findest."

Ihre Brust bebte vor Lachen. „Wirklich nicht? Wir sitzen aneinandergeschmiegt auf dem Boden neben einer Toilette im Damen-WC. Und das findest du nicht lustig?"

Nun lachte er mit. „Okay, vielleicht ein bisschen. Wie lange weißt du es schon?"

„Ich weiß es seit heute Morgen, nachdem ich mich übergeben hatte. Beim Suchen nach der Mundspülung ist es mir schlagartig bewusst geworden. Bei meiner Ärztin ist kurzfristig ein Termin frei geworden, und dort bin ich Beth begegnet."

„Was den Trubel da draußen erklärt."

Michelle nickte.

„Wie es scheint, ist uns beiden heute Morgen eine Menge passiert."

„Oh." Sie schaute zu ihm auf. „Bist du auch schwanger?"

Er lachte wieder. „Nicht, dass ich wüsste. Aber ich habe die Zusage für Kairo bekommen."

„Wirklich?" Ihr Gesicht hellte sich auf, als sie sich vom Boden hochstemmte. „Das ist wundervoll."

Er zog sie zurück in seine Arme. „Ich muss meinen Job hier in zwei Monaten abschließen. Maximal drei."

„Ich weiß, wie sehr du den Auftrag wolltest. Corrie wird auch begeistert sein. Sie freut sich sehr darauf, Kairo zumindest in Form von Bildern und Erzählungen mitzuerleben."

Er fuhr sich mit zittrigen Fingern durch sein Haar.

„Es ist noch etwas passiert.“

„Du übertriffst wirklich alles. Ist eine Schwangerschaft und ein Umzug nach Kairo nicht schon genug für einen Tag?“

„Mein Freund Dave hat mich informiert, dass ich von meinen Plänen abgewichen bin.“

Mit der Hand an seiner Brust schob sie ihn weg, um ihn ansehen zu können. „Von deinen Plänen?“

Er nickte. „Ich bin in die Falle getappt und lebe den amerikanischen Traum mit dir und deiner kleinen Schwester.“

Verständnis blitzte in ihren Augen auf, ehe sie ein wenig entrüstet wirkte.

Ehe sie protestieren konnte, legte er ihr sanft einen Finger an die Lippen. Wie konnte er ihr begreiflich machen, dass ihm mit ihr an seiner Seite alles im Leben einfach erschien? Dank ihr wurden Logik und Vernunft durch Verlangen und Sehnsucht ersetzt. Träume von Kokomo, Montserrat und Kairo machten Platz für Gartenzäune, Hunde namens Rover und Babys.

„Ich werde nicht nach Kairo gehen“, flüsterte er an ihrer Schläfe.

Sie drehte den Kopf, um seinem Blick zu begegnen, und strich mit den Fingerknöcheln sanft über seine Wange. „Du musst gehen. Du hast so hart dafür gearbeitet.“

„Ich habe hart für das gearbeitet, was mir wichtig war. Aber mein Leben hat sich verändert. Meine Träume ...“

„Du kannst dich nicht von der Tatsache zurückhalten lassen, dass ich ein Kind erwarte ...“

Wieder legte er ihr einen Finger an die Lippen. „Meine Träume haben sich verändert, Micki. Selbst bevor ich den Aufruhr dort draußen erlebt habe, hatte ich erkannt, dass ich nicht nur einen Ort will, an den meine Post geliefert wird. Ich will ein Zuhause. Mit dir. Ich liebe dich.“

Michelle, die gerade etwas sagen wollte, schloss den Mund abrupt wieder. Sie schaute ihn eindringlich an.

Er hoffte, sie würde erkennen, dass er die Wahrheit sagte. Er brauchte keine anderen Abenteuer mehr, er brauchte sie.

Schließlich drückte sie ihm einen sanften Kuss auf die Lippen. „Ich liebe dich auch. Aber du musst nach Kairo gehen.“

„Äh, Entschuldigung.“ Pams Stimme drang herein.

„Ignorier sie einfach“, murmelte Michelle. „Vielleicht geht sie wieder.“

„Wir sind in der Toilette“, erinnerte er sie. „In der Damentoilette.“

„Ach ja.“ Sie legte den Kopf an seine Stirn.

„Ich wollte nur schauen, ob es Michelle gut geht … Oh.“ Pam geriet kurz vor der Tür ins Stolpern. „Ich, äh, vermute, alles ist in Ordnung … Äh … Okay.“ Sie entfernte sich mit schnellen Schritten. „Ich sage einfach allen, dass sie jetzt nach Hause gehen können.“

„Wir machen uns besser wieder an die Arbeit.“ Michelle machte keine Anstalten, sich zu bewegen.

Er küsste sie auf die Nasenspitze. „Jemand könnte zur Toilette müssen.“

„Ja. Wir müssen Corrie erzählen, dass du nach Kairo gehst.“

„Ich bleibe hier.“ Er hielt sie noch fester an sich gedrückt.

„Du gehst.“ Sie küsste sein Kinn und arbeitete sich bis zu der empfindlichen Stelle hinter seinem Ohr vor.

„Ich bleibe.“ Seine Finger tanzten an ihren Seiten hinauf.

„Du gehst.“

„Äh, Entschuldigung. Ich bin’s schon wieder.“ Sie konnten das Schmunzeln in Pams Stimme hören. „Wir brauchen wirklich die Damentoilette zurück.“

EPILOG

„**D**as Alter der Angestellten spielt keine Rolle. Wenn es dem früheren Firmenvorstand nicht gefällt, können sie gern kündigen, aber die Veränderungen werden genauso implementiert, wie wir es geplant haben." Mit dem Telefon am Ohr ging Kirk durch den Raum zu seinem Laptop, der auf dem Schreibtisch stand. „Ein paar Fehler im neuen System sind nicht ungewöhnlich."

Laut der Zeitanzeige am Computer war es bereits nach Mitternacht in Kairo. Wer auch immer behauptete, wenn die Katze aus dem Haus sei, tanzten die Mäuse, kannte Jeffrey Pierce nicht. Kirks neuer Manager für internationale Projekte war in jeglicher Hinsicht in Kirks Fußstapfen getreten. Er hatte es Kirk ermöglicht, dort zu bleiben, wo er sein wollte – zu Hause bei Michelle.

Er hatte schon immer vorgehabt, seine Firma von einem Ein-Mann-Unternehmen in ein Consulting-Unternehmen mit mehreren Mitarbeitern zu verwandeln. Und als er den Auftrag in Kairo bekommen hatte, hatte er seine Pläne kurzerhand schon früher als vorgesehen in die Tat umgesetzt. Zum Glück hatte Jeff ihm eine reibungslose Expansion ermöglicht.

Im letzten Jahr hatte Kirk gelernt, dass es im Leben nicht nur um die beiden Extreme harte Arbeit und Feiern ging, und er würde alles dafür tun, dies auch seinem neuen Mitarbeiter verständlich zu machen, damit er nicht die gleichen Fehler beging. „Jeff, all das kann bis morgen Früh warten. Geh nach Hause und schlaf."

Dave steckte den Kopf durch Tür. „Kommst du noch in diesem Jahrtausend zu uns zurück?"

Kirk schob das Telefon lächelnd in seine Tasche. „Alles erledigt. Hast du die Burger ohne mich anbrennen lassen?"

„Ich?" Mit der Hand am Herzen tat sein Freund so, als wäre er tödlich beleidigt. „Der Grillkönig?"

„Ach ja." Er schnippte mit den Fingern und folgte Dave nach draußen. „Du hast ja jetzt ein Haus. Mit Garten."

Deb trat neben ihren Mann, hakte sich bei ihm ein und küsste ihn auf die Wange. „Ist es nicht toll, dass wir Nachbarn sind?"

„Ich find's auch nicht schlecht." Michelle trat mit einer Tüte Chips in der einen und einer Flasche Ketchup in der anderen Hand auf die Veranda.

Nachdem sie beschlossen hatten, dass Kirk jemanden einstellen würde, damit er seinen Traumjob annehmen und dennoch die meiste Zeit bei Michelle und dem Baby in den Staaten verbringen könnte, waren sie den nächsten Monat damit beschäftigt gewesen, eine kleine Hochzeit zu organisieren und darüber zu diskutieren, wo der Sitz ihrer neuen Firma und ihr Zuhause sein sollte. Kirk hatte Michelle angeboten, in Bluffview zu bleiben, aber es war zu viel passiert.

Mit einer Zange in der Hand, bereit, Dave am Grill abzulösen, zog er Michelle zu sich heran und küsste sie. „Ich liebe dich."

„Ich liebe dich auch", flüsterte sie.

Jubelrufe und Pfiffe ertönten von der Veranda. Aus dem Korb im Schatten stimmte ihre vier Monate alte Tochter Susan Elaine, die nach ihrer Großmutter benannt war, mit glucksenden Lauten mit ein, woraufhin alle lachten.

Kirk legte seine Stirn an Michelles und lächelte. „*Das* nenne ich Leben."

„Das reicht, ihr zwei. Ihr zerdrückt die Chips." Pam, die eine Schale mit einem Dip in der einen Hand und eine mit Möhren in der anderen hielt, schüttelte den Kopf. „Ihr könnt rumknutschen, wenn wir alle mit dem Essen begonnen haben."

„Jawohl, Ma'am." Kirk ließ seine Frau los und salutierte mit dem freien Arm.

Der Anblick der glücklichen Familie genügte fast, um Pam dazu zu bewegen, nach Kalifornien zu ziehen. Fast.

Alles hatte sich so schnell verändert. In einer Minute hatte sie ihre neue gute Freundin nach ihrer Single-Hochzeitsreise zu Hause empfangen, und in der nächsten Minute war sie zu Gast auf ihrer Winterhochzeit gewesen. Zu Pams Überraschung waren sogar der Betrüger und Beth eingeladen gewesen, und – was noch überraschender war – es war nicht zu einem Klatschthema im Ort geworden. Jeder schien gespürt zu haben, dass alles in Ordnung war. Niemand hätte etwas an der Situation auszusetzen haben können, denn es war offensichtlich, dass zwischen Kirk und Michelle die Funken sprühten.

„Wo soll ich die hinstellen?" Pam hielt die beiden Schalen in die Höhe.

Michelle öffnete die Tüte Chips und schüttete sie in eine leere Schüssel. „Am besten hier auf den Tisch."

Pam stellte die Schalen ab. „Ich habe gestern Steven in der Bank getroffen, bevor ich zum Flughafen aufgebrochen bin."

„Na, so ein Zufall", witzelte Michelle.

„Hast du in letzter Zeit von Beth gehört?" Pam war es immer noch ein Rätsel, wie es die vier geschafft hatten, weiterhin freundschaftlichen Umgang miteinander zu pflegen. Sie wusste, dass Michelle und ihre ehemalige beste Freundin einander Karten zu Geburtstagen und Weihnachten schickten und dies wahrscheinlich auch in den nächsten zwanzig Jahren beibehalten würden.

Michelle nickte. „Wir haben eine Einladung zum ersten Geburtstag bekommen."

„Geht ihr hin?"

„Nein. Solange du und Angie bereit seid, uns hin und wieder im sonnigen Kalifornien zu besuchen, habe ich keinen Grund zurückzukehren. Versteh mich nicht falsch, Beth und ich werden uns an unserem fünfundzwanzigsten Abschlussjubiläum wahrscheinlich totlachen, aber auch wenn ich mit der Zeit verstanden habe, dass Steven und ich uns niemals hätten verloben dürfen, muss ich nicht ständig zurückschauen."

Corrie kam mit weiteren Dips und Soßen aus der Küche. „Sind die Burger fertig? Ich hab riesigen Hunger."

„Du hast immer Hunger." Als seine Schwägerin an Kirk vorbeilief, zerzauste er ihr das Haar, als wäre sie ein kleines Kind. Corrie verdrehte die Augen, und er lachte.

„Ich muss es ausnutzen, wenn ich gutes Essen bekomme." Corrie schnaubte und schwang ein Bein über die Sitzbank.

Michelle stellte einen Pappteller und ein Glas mit sauren Gurken vor ihrer Schwester ab. „Du wohnst in Stanford, nicht in Sibirien. Du musst nur zwanzig Minuten fahren, um unseren Kühlschrank zu plündern."

„Wir wollen uns nicht in Einzelheiten verlieren." Corrie winkte ab und griff nach einem Burger-Brötchen. „Ich hätte gerne Käse auf meinem."

„Ich bin froh, dass sie sich für Stanford entschieden hat. Ich hätte euch auch in Saskatchewan besucht, aber hier ist es schöner."

„Saskatchewan?" Kirk sah Pam stirnrunzelnd an und warf dann seiner Frau einen Blick und einen Handkuss zu. „Warum sollte man dorthin ziehen wollen?"

„Als wir uns Corries Liste mit möglichen Colleges angesehen haben und ich begriffen habe, dass Standford ihr Favorit ist, wussten wir, dass es das Richtige sein würde herzuziehen. Schließlich hat Kirk ohnehin schon hier, in der Nähe von San Francisco, gewohnt."

Pam erinnerte sich noch an den Tag, als Michelle ihr erzählt hatte, dass sie wegziehen würden. Michelle hatte erklärt, dass sie den winzigen Ort Bluffview nicht wegen Steven und Beth verlassen wollten, sondern weil Michelle sich Sonne, rosa Häuser und Meeresluft wünschte. Außerdem wollte sie sich hin und wieder frei wie ein Vogel fühlen, und Pam wusste, was sie meinte.

Einst hatte Pam sich ein Märchen mit einem Prinzen und Happy End erträumt, doch dann hatte das Leben ihr eine Lektion erteilt. Vielleicht hatte sie deshalb eine Vorliebe für knallige Farben und ein wenig Aufregung im Leben. Auch wenn vier Ehemänner vielleicht ein bisschen zu viel Aufregung gewesen waren.

„Ich bin jedenfalls froh, dass ihr euch für die San-Francisco-Bay-Gegend entschieden habt." Daves Frau Debbie reichte Michelle und Pam ein Glas Limonade. „Ich kann nicht glauben, wie viel Glück ich hatte, dass Kirk sich in die perfekte Frau verliebt hat ..."

In diesem Moment trat Kirk neben Michelle und griff nach ihrer Hand. Der unschuldige Blick, den die beiden wechselten, erschien Pam aus irgendeinem Grund so intim, dass sie wegschauen musste.

„Und ihr", fuhr Debbie fort, „seid neben Leuten eingezogen, die bereit waren, uns ihr Haus zu verkaufen."

„Nun", sagte Kirk und zog seine Frau näher zu sich heran, „ich bin mir ziemlich sicher, sie hätten ihr Haus an jeden verkauft, der bereit gewesen wäre, den Preis zu bezahlen. Ich habe also nichts dazu beigetragen."

„Doch, das hast du." Michelle grinste ihn an und trat ein Stück zur Seite. „Wann sind die Burger fertig?"

Kirk legte einen Burger mit Käse für Corrie auf einen Teller. „Für die ausgehungerte Studentin."

„Endlich." Sie sprang vom Tisch auf und rannte förmlich zum Grill.

„Man könnte meinen, sie bekommt nie etwas zu essen." Pam stellte ihr Getränk ab und griff nach einem Teller.

Die gesamte Szene erinnerte an einen alten Film, in dem sich Freunde und Nachbarn im Garten hinter dem Haus versammelt hatten. Alle Frauen trugen Kleider und Perlenketten, und die Männer grillten in Button-Down-Hemden und langen Hosen.

Corrie biss grinsend in ihren Burger. „Total lecker."

„Gern geschehen", sagte Kirk, ohne innezuhalten. Er legte den letzten Burger auf einen großen Teller, schaltete den Grill ab und ging auf die Veranda. Dort schwang er ein Bein über die Bank und stellte den Teller in der Mitte des Tisches ab.

Pam bediente sich und nahm gegenüber der beiden Gastgeber Platz.

Mit ineinander verschränkten Fingern sahen die zwei sich an, als würden sie eine stumme Unterhaltung führen. Pam war sich nicht sicher, was sie einander mitteilten, aber es war zu erkennen, dass sie sich liebten und für immer zusammenbleiben wollten. Ihr Herz schlug mit einem Mal schneller. Vielleicht war es doch noch nicht zu spät, um an ein Happy End zu glauben.

Kirk gab seiner Frau einen Kuss auf den Mund,

legte einen Burger auf einen leeren Teller und reichte ihn seiner Frau.

Ja, dachte Pam. Vielleicht war es alles andere als zu spät.

EXCERPT:

FLITTERWOCHEN ZU DRITT

Als der Verlobte von Pam Stuart, ehemals Baker, ehemals Amadeo, ehemals – ganz kurz – Harris, geborene Watson, vorschlug, für ihre Hochzeit zu verreisen, hatte sie gewusst, dass dies ihre einzige Chance sein könnte, eine romantische Kreuzfahrt zu unternehmen.

„Was ist hiermit?" Angie Cannon, Pams Trauzeugin, hielt ein mit Rüschen besetztes knielanges Nachthemd mit Kunstpelzsäumen und zu vielen Stoffschichten hoch.

„Angie, ich bin kein Rockstar. Ich brauche nur etwas, das man leichter ausziehen als anziehen kann. Und das trifft bestimmt nicht auf dieses Teil zu." Was Pam wirklich brauchte, war etwas, das sie zehn Jahre jünger wirken ließ, nicht wie eine gealterte Barbie.

Angie zog eine Augenbraue hoch. „Wenn du es so eilig hast, es auszuziehen, verstehe ich nicht, warum du es überhaupt anziehen willst."

„Du weißt doch, dass Männer einen Jagdinstinkt haben, selbst nachdem man sich das Ja-Wort gegeben hat. Zumindest ein bisschen geheimnisvoll muss man bleiben."

„Geheimnisvoll, alles klar." Angie verdrehte die

Augen und hielt ein einfaches transparentes Negligé mit dickerem Stoff an den richtigen Stellen in die Höhe. „Und das hier?"

Pam nickte und lächelte. „Jetzt hast du's begriffen." Sie fügte das Nachthemd dem wachsenden Berg an Kreuzfahrt-Outfits hinzu. Als sie das erste Mal geheiratet hatte, war es aus Liebe gewesen. Oder zumindest war es ihr im zarten Alter von achtzehn so vorgekommen. Jede Hochzeit danach hatte wohl eher aus Hoffnung als aus Liebe stattgefunden, aber sie hatte sich bei jedem Ehemann aufrichtig bemüht. Diesmal war sie schlauer gewesen und hatte alles auf die altmodische Art getan. Statt Feuerwerke und Schmetterlinge zu erwarten, hatte sie sich für Stabilität und Kompatibilität entschieden, und Leos beachtliches Bankkonto würde ihr ein Leben in Sicherheit ermöglichen.

Nicht, dass er kein netter Kerl war. Das war er. Ein sehr netter Kerl sogar. Freundlich, witzig, charmant, gut aussehend und ein ziemlich guter Küsser. Außerdem war es ihr zugute gekommen, dass er überaus wütend auf seine junge Ex-Frau gewesen und auf der Suche nach einer Lebensgefährtin in seinem Alter gewesen war. Pam war zwar nicht so alt wie er, aber sie war auch nicht jung genug, um seine Tochter zu sein. Ihr zukünftiger Ehemann hatte festgestellt, dass es weniger amüsant war, noch mal einen Mittzwanziger zu spielen, als er gedacht hatte. Pam war sich nicht einmal sicher, ob sie ihre Mittzwanziger *damals* überhaupt amüsant gefunden hatte.

„Ich glaube, das genügt." Pam unternahm einen erfolglosen Versuch, ihren Arm mit all der Kleidung zu heben. „Ich kann nicht glauben, dass wir in weniger als einer Woche auf Reisen gehen."

„Ich wünschte, es wäre schon morgen. Ich bin so bereit für ein wenig Entspannung und Erholung."

Angie strahlte. „Und vielleicht für ein paar von den Baileys Banana Coladas, von denen Michelle so schwärmt."

„Das ist die richtige Einstellung." Pam lachte angesichts des albernen Grinsens ihrer Freundin. Hätten sich die Heiratspläne ihrer ehemaligen Kollegin Michelle nicht überraschend zerschlagen, hätte sie Angie nie kennengelernt. Nun konnte sich Pam keine bessere Freundin vorstellen. „Und wer weiß, vielleicht lernst du ja auch die Liebe deines Lebens an Bord kennen, so wie Michelle."

„Keine Chance." Angie schüttelte den Kopf. „Ich freue mich, sie und Kirk wiederzusehen. Es ist eine Weile her. Ich wünschte nur, sie würden ihr Baby mitbringen."

„Ich kann es ihnen nicht verübeln, dass sie die Kleine zu Hause lassen. Ich finde es auch schade, dass Corrie nicht kommen kann; Michelles Schwester ist so schnell erwachsen geworden. Aber babyzusitten und Michelle und Kirk auf Reisen zu schicken, war eine schlaue Idee." Pams Handy klingelte. Sie erschrak, als sie die bekannte Ortsvorwahl sah. Es war Jahre her, dass sie mit jemandem aus ihrer Heimat gesprochen hatte. Seit dem Tag, als sie ihren Vater beerdigt hatte, war sie nicht mehr in diesem trostlosen Ort gewesen; damals hatten all die älteren Leute nichts Besseres zu tun gehabt, als vergangene Geschichten aufzuwärmen. Nein. Wer ständig die Vergangenheit wieder aufleben lassen wollte, musste sich eine andere Person dafür suchen. Sie hatte sich genügend Meinungen über ihre schnelle Heirat und die noch schnellere Scheidung anhören müssen, ehe sie Podunk in Georgia verlassen hatte.

„Wer ist es?"

„Keine Ahnung." Sie lehnte den Anruf ab, zog scharf die Luft ein und verdrängte die negativen

Erinnerungen. Nicht, dass die kurze Ehe fürchterlich gewesen wäre – sie hatte Gil geliebt, und sie war gern Mrs Pamela Harris gewesen, aber der Preis, verheiratet zu bleiben, wäre zu hoch gewesen – für Gil. „Lass uns Halt am *Bun Shack* machen. Ich habe Heißhunger auf einen Cheeseburger mit Schweizer Käse, Zwiebeln und allem Drum und Dran.“

Wieder klingelte das Telefon, und wieder wurde die gleiche Nummer angezeigt. Was zur Hölle konnte dahinterstecken?

„Klingt, als wollte jemand dringend mit dir reden.“

Und Pam war nun neugierig genug, um den Anruf anzunehmen. „Hallo?“

„Pammy? Ist das noch deine Nummer?“

Niemand nannte sie mehr Pammy. „Ja, hier ist Pam.“

„Oh, gut. Hier ist Marjorie Lane. Ich hab deine Nummer noch von damals, als dein Daddy krank war.“

Die alte Dame hatte sich in seinen letzten Monaten liebevoll um ihren Vater gekümmert. Ganz egal, wie sehr die Frau Klatsch liebte, Pam konnte sich nicht dazu bringen, unhöflich zu sein. „Schön, von Ihnen zu hören, Mrs Lane.“

„Pammy, ich weiß, dass es mich nichts angeht, aber es gibt viel Gerede im Ort.“

Lieber Himmel, was war es denn diesmal? Hatten die Leute nach all den Jahren die Gerüchte nicht satt?

„Offenbar hat jemand aus irgendeiner schicken Anwaltskanzlei in Chicago das Bezirksgericht kontaktiert. Eloise Hannigan sagt, sie wollen Akten einsehen.“ Sie machte eine lange Pause, und Pam fragte sich, ob die Verbindung unterbrochen worden war. Oder vielleicht hatte die alte Dame aufgelegt. „Es sind deine Akten, die sie einfordern. Ich hab nicht verraten, dass ich dich vielleicht erreichen könnte, aber ich dachte, ich bin es deinem Daddy schuldig, dich zu informieren. Du weißt schon, der alten Zeiten wegen. Nur zur Vorsicht. Aber worum es auch immer gehen mag, wenn Anwälte involviert sind, kann es nichts Gutes bedeuten."

„Danke, Mrs Lane. Ich weiß Ihren Anruf sehr zu schätzen, aber es ist wahrscheinlich nur ein Betrugsversuch. Irgendein Prinz will mir sein Vermögen vererben."

„Nun, der gleiche …"

„Ich bin mir sicher, es steckt nichts dahinter." Pam rief sich in Erinnerung, dass die alte Dame die einzige Freundin gewesen war, die ihr Vater seit dem Tod ihrer Mutter gehabt hatte. „Vielen Dank noch mal."

„Jetzt, wo ich weiß, dass du noch die gleiche Nummer hast, melde ich mich einfach wieder, falls ich noch was höre. Pass auf dich auf, Liebes."

Ehe Pam noch einmal wiederholen konnte, dass es keinen Grund zur Sorge gab, hatte die alte Dame aufgelegt und sie mit einem unbehaglichen Gefühl zurückgelassen. Das Letzte, was sie jetzt – so kurz vor ihrer Hochzeit – gebrauchen konnte, war, dass ihre Vergangenheit sie einholte.

Für Gil Harris gab es eine Menge guter Gründe zu heiraten. Dinge, auf die er sich freute. Doch diese Höhle voller mürrisch dreinblickender Anwälte am heutigen Morgen gehörte nicht dazu.

„Es scheint eine kleine Unstimmigkeit in den aktuellen Akten zu geben."

Das letzte Mal, als die Anwälte etwas *Kleines* erwähnt hatten, waren Aktenberge und stundenlange Klärungsgespräche gefolgt. Nicht zwischen ihm und Karen, denn sie hatten kein Problem mit den

Vereinbarungen. Bei Karens Vater sah das Ganze schon anders aus. Der Mann hatte Gil Stapel aus Unterlagen vorgelegt, die er knapp einen Monat vor der Hochzeit unterschreiben sollte. Der heutige Ehevertrag sollte die letzte Hürde sein.

Er zählte bis zehn, ehe er die unumgängliche Frage stellte. „Welche Unstimmigkeit?"

„Ihr Familienstand."

„Was soll damit sein? Ich bin ledig."

„Nein." Der leitende Anwalt in dem dunkelblauen Anzug mit der roten Krawatte schüttelte den Kopf.

„Okay, ich bin geschieden. Das kommt aufs Gleiche hinaus."

Diesmal schüttelten alle drei Anwälte den Kopf. Das unbehagliche Gefühl in seiner Magengrube sagte ihm, dass es kein Scherz war.

„Wie es scheint", sagte der Anwalt auf der linken Seite und schob ihm ein Blatt zu, „ist es nicht so, wie sie angegeben haben."

Gil betrachtete das Blatt vor ihm. Eine Kopie der Heiratsurkunde mit Pam. Sie waren nur wenige Wochen verheiratet gewesen, als sie die Scheidung eingereicht hatten. Als er aufblickte, wurde ihm noch ein Blatt zugeschoben. Die Scheidungspapiere, die er widerwillig unterzeichnet hatte und die er Karens Anwalt zusammen mit seinen Kontoauszügen, Steuererklärungen und seiner Blutgruppe gegeben hatte. „Was geht hier vor sich?"

„Die Scheidungspapiere wurden nur von einer Person unterschrieben."

„Das liegt daran, dass es meine Kopie ist. Die Kopie, die bei den Behörden eingereicht wurde, sollte auch Pams Unterschrift enthalten." Gil widerstand dem Drang, die Augen zu verdrehen. Er hatte keine Zeit für so was. „Meine Herren, geben Sie mir einfach den aktuellsten Entwurf des Ehevertrags, damit Karen und ich endlich heiraten können."

„Das ist ja das Problem. Kein Bezirk in ganz Georgia hat Unterlagen, die Ihre Scheidung belegen. Sie können Karen nicht heiraten." Alle drei Männer schüttelten die Köpfe, und Gil drehte sich der Magen um. „Ob es Ihnen gefällt oder nicht, Sie und Pamela Watson sind immer noch verheiratet."

ÜBER CHRIS KENISTON

Chris Keniston ist Autorin von vierzig zeitgenössischen Romanen und lebt mit ihrem Mann, zwei menschlichen Kindern und zwei Hundekindern in einem Vorort von Dallas. Obwohl sie beide Hunde gleichermaßen liebt, gibt sie zu, eine ganz besondere Bindung zu ihrem Deutschen Schäferhund aus dem Tierheim zu haben. Schließlich verdienen auch Hunde ein Happy End.

Auf www.chriskeniston.com erfahren Sie mehr über Chris Keniston und ihre Bücher.

Folgen Sie Chris Keniston auf Facebook unter dem Namen ChrisKenistonAuthor und auf Twitter unter dem Namen @ckenistonauthor.

MEHR BÜCHER

VON CHRIS KENISTON

Weitere Bücher der Flitterwochen Reihe:
Flitterwochen allein
Flitterwochen zu dritt
Flitterwochen zu viert
Flitterwochen zu fünft
Flitterwochen zu sechst